LE VŒU D'UN SOLDAT

NOËL À HEART FALLS

TOME 2

VIVIAN AREND

A Soldier's Christmas Wish / Le Vœu d'un soldat
Copyright © 2024 par Arend Publishing Inc.
e-Book ISBN : 978-1-990674-88-4
Broché ISBN: 978-1-990674-9-1
Correction de la version originale par Anne Scott
Relecture de la version originale par Angie Ramey & Linda Levy & Manuela Velasco
Traduit par Myriam Abbas et Valentin Translation
Conception de la couverture © Damonza

1

———

— Eh bien, zut.

Brooke Silver sortit la tête de la petite cuisine à temps pour voir son père faire la grimace.

— Qu'est-ce qui ne va pas ?

Il leva une main en l'air, un doigt dans un trou de sa pantoufle en laine.

— J'ai pété une durite.

Elle laissa échapper un rire moqueur.

— J'espère que ta pantoufle était plus douce que la durite. Tu veux que je te prenne une autre paire ?

Son père se leva et repoussa sa suggestion.

— Je vais m'en occuper. Tu prépares le dîner. Je ne veux pas changer de travail, parce qu'aussi limités que soient tes talents en cuisine, tu es meilleure que moi.

Elle ne pouvait pas vraiment protester. Elle retourna au repas tout simple qu'elle préparait, seulement elle fut de nouveau distraite par les jurons chuchotés à proximité de la porte d'entrée.

— Dure journée, papa ?

Pas de réponse. Juste le son de quelque chose qui émit un bruit sourd sur le sol puis celui de son père qui sortait du salon en traînant les pieds en direction de sa chambre à l'arrière de leur petit appartement.

Elle haussa les épaules et se concentra pour ne pas faire brûler les pommes de terre et les œufs.

Leur appartement, placé dans le coin supérieur du garage, était petit, mais efficace. La cuisine et l'espace de vie commun se trouvaient au milieu, avec une chambre et une salle de bain privée de chaque côté. Son père avait lui-même construit l'extension avant qu'ils ne déménagent de la maison à Heart Falls qu'ils avaient partagée avec mamie et papy durant son enfance.

Même si ce n'était pas le plus luxueux des logements, et qu'il manquait sérieusement d'intimité, le prix était raisonnable. Les mécaniciens de petite ville s'en sortaient bien, mais c'était malin de faire le moins de dépenses possible. Partager un espace avec son père n'était pas quelque chose d'insurmontable, et ils s'entendaient bien.

Pourtant, il y avait des fois où elle aurait aimé avoir un peu plus d'espace, et lorsque son téléphone sonna dans sa poche arrière, Brooke laissa son grand sourire apparaître.

Une raison pour laquelle un peu plus d'intimité ne la dérangerait pas... son petit ami, Mack.

Elle coinça son téléphone contre son épaule pendant qu'elle retournait rapidement les pommes de terre.

— Hé, cap. Quoi de neuf ?

— En ce moment, rien. C'est calme à la caserne, et je suis le seul sur l'emploi du temps pour la nuit.

Sa voix était un grondement profond et apaisant alors même qu'il déclenchait un picotement en elle.

— Tu veux passer plus tard ? demanda-t-il.

Brooke regarda sa montre.

— Papa et moi aurons terminé de dîner dans environ une heure. Tu as besoin que je t'apporte quelque chose ?

— Juste toi.

Son ton était bas et rauque. Il avait assurément quelque chose à l'esprit.

Après presque un an à passer du temps ensemble, Brooke pouvait non seulement deviner quelle était cette chose en particulier, mais elle était aussi partante à cent pour cent

— À tout à l'heure.

Elle raccrocha puis rangea son téléphone pour pouvoir servir le dîner et poser les assiettes sur la table.

— Papa. Le dîner est prêt.

Il la rejoignit, et ils commencèrent leur repas tout simple. Pendant qu'ils mangeaient, Gary Silver passa en revue quelques projets sur la liste des choses à faire des prochains jours, mais Brooke voyait que quelque chose n'allait pas.

Elle l'examina.

— Tu es distrait. Quelque chose ne va pas ?

Son père plissa le nez puis se renfonça sur son siège avec un soupir, croisant les bras sur son torse comme un enfant de deux ans mécontent.

— Il n'y a plus de pantoufles.

Brooke dut se le répéter dans sa tête, et elle n'était toujours pas tout à fait sûre de ce que ça voulait dire.

— Plus de pantoufles... où ?

Gary soupira de nouveau.

— Ceux que ta mamie faisait.

Aah. C'était logique, maintenant.

— Les patins multicolores qu'elle tricotait chaque soir devant la télé ?

— Ouais. Je les ai toutes mises dans une boîte. Chaque fois qu'une avait un trou, je les jetais et en prenais une nouvelle paire.

Il remua d'un air gêné sur sa chaise, le visage baissé.

— J'ai atteint le fond de la boîte. Il n'y en a plus.

Elle eut la sensation d'un coup de couteau dans le cœur. Papy n'était plus là depuis déjà deux ans, mamie deux ans avant, mais ils avaient été une partie tellement importante de sa vie pendant si longtemps que cela semblait impossible qu'ils ne soient pas quelque part juste hors de vue.

Brooke posa une main sur l'avant-bras de son père.

— Je suis désolée. Ils me manquent aussi.

Il hocha vivement la tête, puis sembla être sur le point de changer de sujet et de revenir sur la réparation du moteur et du chauffe-moteur du van des McMasters qui semblait déconner au moins une fois par mois.

Une expression triste et pourtant pensive passa sur le visage de Gary.

— Il est difficile de croire que nous sommes déjà en décembre, pourtant nous approchons de la saison des fêtes. Ça ne me paraît pas normal, dit Gary en secouant la tête. C'est bête que le fait d'avoir utilisé les dernières pantoufles suffise à me déconcerter, mais c'est comme ça.

— Ce n'est pas bête de penser aux choses qui nous manquent.

Il se leva de table et attrapa les assiettes.

— Inutile de s'attarder sur ce qu'on ne peut pas avoir. Quand c'est fini, c'est fini, et nous ne pouvons pas rester là à nous morfondre. J'aimerais revivre un Noël à l'ancienne, mais on ne peut pas faire grand-chose pour que ça se produise.

Ces mots la frappèrent comme des boules de neige lors d'une attaque-surprise.

Un Noël à l'ancienne ?

Elle ne l'avait jamais entendu dire ça dans sa vie. Gary Silver était pragmatique jusqu'à l'os. Il n'était pas guindé ou ennuyeux, mais cet homme travaillait avec des écrous et des vis et croyait que tout avait sa place partout.

Son père la contourna, déposa les assiettes dans l'évier avant de se retourner pour lui adresser ce qui était clairement un sourire forcé.

— Merci d'avoir cuisiné. Je vais faire la vaisselle. Je suppose que tu vas voir ce gars.

Brooke lui tira la langue. Cette blague était récurrente entre eux.

— Que tu fasses semblant qu'il n'a pas de nom ne change rien. Mack est un gars très bien, et oui, je vais aller le voir.

Son père ignora son commentaire sur Mack et à la place, il leva un doigt et le pointa vers son visage.

— Tu te souviens de ce que ta mamie disait au sujet des grimaces. L'instant d'après, le vent change, et tu seras coincée comme ça pour toujours.

Elle ricana puis s'approcha pour l'étreindre avant de se diriger vers sa chambre pour se débarbouiller rapidement et mettre quelque chose d'un peu plus élégant.

Passer du temps avec Mack était merveilleux. Il avait été pompier dans l'Aviation canadienne pendant un certain nombre d'années. Maintenant à la retraite, il travaillait dans les services d'urgences et la lutte contre les incendies en tant que civil.

Il était facile de parler avec ce grand homme, absolument agréable à regarder, et tout en lui lui correspondait pile comme il fallait. Ils avaient eu étonnamment peu de disputes étant donné combien elle pouvait être entêtée et lui tout aussi obstiné.

Non, ils s'entendaient essentiellement comme larrons en foire, alors elle ne voulait pas mettre de l'huile sur le feu – et cette pensée la fit sourire. Son pompier grimaçait chaque fois qu'elle utilisait une blague faisant référence au feu.

Leur plus gros problème avait été de trouver des endroits où être seuls. Ses conditions de logement avec son père, et la résidence à plein temps de Mack à la caserne signifiaient que quelqu'un, parent ou volontaire, avait tendance à apparaître à des moments inopportuns. Mais entre les moments volés et quelques escapades spectaculaires dans des hôtels, ils avaient eu assez d'opportunités pour prouver qu'ils s'accordaient parfaitement physiquement aussi.

Était-elle prête pour davantage ? À un certain niveau... oui. Pouvoir lui dire bonne nuit et ne pas devoir quitter ses bras serait un incroyable changement. Faire passer leur relation à un stade plus intime et un jour avoir une famille était une chose qu'elle espérait.

Mais Brooke était suffisamment pragmatique pour penser que si cette relation était la bonne, un jour, la suite se produirait. Aucun d'eux n'avait assez économisé pour changer leurs conditions de vie. Mack était logé gratuitement à la caserne, mais il envoyait de l'argent à ses parents et payait des dettes. Et elle venait d'effectuer le dernier remboursement de ses emprunts étudiants.

Insister pour voir s'il voulait emménager ensemble alors qu'ils ne pouvaient pas se permettre d'avoir un logement aurait été frustrant. Et elle n'allait pas lui demander d'emménager avec elle alors que son père vivait au bout du couloir.

Simplement... non. Non, non, oh que non.

Peut-être qu'elle aborderait le sujet au cours de la nouvelle année. Pour l'instant, même si la patience était un de ses superpouvoirs, attendre, c'était naze.

Après avoir enfilé un t-shirt propre à manches longues bleu pastel – la couleur préférée de Mack – elle descendit les escaliers vers le garage. Elle ouvrit l'énorme porte pour pouvoir faire reculer sa camionnette dans la nuit d'hiver neigeuse.

Des lumières de fête scintillaient sur les réverbères dans la rue principale tandis qu'elle traversait la ville.

Le parking de la caserne contenait plus de voitures qu'elle ne s'y attendait. Heart Falls était une communauté suffisamment petite pour qu'ils n'aient qu'un seul pompier à temps plein – Mack – et que le reste soit des volontaires. Brad Ford, le capitaine des pompiers des comtés environnants, vivait aussi à Heart Falls, et alors qu'elle montait à l'étage vers la pièce qui se trouvait au-dessus de l'endroit où étaient garés les véhicules d'urgence, elle fut surprise de découvrir non seulement des pompiers, mais aussi l'épouse de Brad, Hanna.

Une cuisine se trouvait le long d'un mur, et dans le coin, une rampe de pompiers étincelante permettait un accès rapide au rez-de-chaussée. Au centre de la salle se trouvait une table assez grande pour plus d'une douzaine de personnes. Elle n'était pas remplie, mais la pièce était loin d'être vide.

Mack lui accorda un sourire penaud pendant qu'elle se dirigeait vers la chaise vide entre Hanna et lui.

Il se pencha vers Brooke et lui serra les doigts.

— Désolé. Je ne savais pas que les gars venaient ce soir.

De l'autre côté de la table, Ryan Zhao la salua, ses cheveux noir de jais remuant sous le mouvement de tête. Son expression était polie, comme toujours, mais une pointe d'amusement brillait dans ses yeux sombres.

— Content de te revoir, Brooke. Tu devrais céder et faire partie de l'équipe de pompiers volontaires.

À côté de Ryan, un cow-boy sec du nom d'Alex approuva cette suggestion.

— Tu sembles être ici chaque fois que nous y sommes. Rejoindre l'équipe est logique. Ça serait beaucoup plus facile pour toi d'apprécier ma compagnie.

Mack fit semblant de s'étirer, puis lança un dessous de verre sur la table directement au visage d'Alex.

— Elle ne vient pas te voir.

— C'est ce que tu crois, répondit Alex en haussant les sourcils.

Des rires masculins résonnèrent alors que les hommes répondaient à la taquinerie, mais avant que Brooke ne puisse répliquer, son amie Hanna l'attrapa par la manche et l'éloigna de la table.

La brunette menue parla doucement, mais aussi avec amusement.

— Puisque vous avez besoin d'avoir une discussion officielle, nous n'allons pas vous déranger.

Elle attrapa un sac sur le comptoir et le tendit d'un air tentateur vers Brooke :

— J'ai apporté des rafraîchissements.

Mack avait l'air légèrement dépité, mais il n'y avait vraiment aucun sens à rester assise à ses côtés pendant qu'il parlait boutique avec Brad, Alex et Ryan.

De plus, l'odeur qui s'élevait du sac promettait des gâteaux secs au gingembre fraîchement préparés. Elle n'était peut-être pas la meilleure des cuisinières, mais elle était une consommatrice de gâteaux de premier ordre.

Brooke tapota l'épaule de Mack avec une fausse compassion.

— Ne t'inquiète pas. Nous ne mangerons pas *tous* les gâteaux avant que vous n'ayez terminé.

Elle esquiva ses doigts taquins puis suivit Hanna hors du réfectoire vers l'espace de vie où il y avait une pièce séparée plus confortable faite spécifiquement pour être au calme. Des portes menaient au dortoir et aux douches.

Hanna s'installa sur un des fauteuils et tourna son doux sourire vers Brooke.

— Tu m'as manquée lors de la dernière soirée entre filles. Comment tout se passe ? Est-ce que tu as de grands projets pour Noël ?

Cette question lui posait une colle, parce qu'une heure auparavant, Brooke n'en avait pas. Elle avait essentiellement prévu de suivre le même programme de fêtes simple qu'elle et son père avaient partagé par le passé, en incluant Mack, bien sûr. Maintenant, elle n'en était plus aussi certaine.

Un Noël à l'ancienne ? Qu'est-ce que ça voulait dire ?

Mais elle voulait y réfléchir encore un peu seule, alors Brooke tint sa langue et garda ses pensées perplexes pour elle. De plus, elle avait le pressentiment que son amie, avec ses joues roses, avait elle-même des nouvelles à révéler.

— Je travaille encore sur les détails, avança Brooke simplement avant de se pencher en avant et de regarder Hanna dans les yeux pour qu'elle ne puisse pas se défiler et crache le morceau. Quelle est cette chose spéciale qui te fait rayonner comme un élargisseur d'ailes en chrome vintage ?

Hanna ne se donna pas la peine de faire semblant.

— Oh, rien de trop important. Juste une sympathique fête familiale avec Brad, son père et son frère. Même si nous sommes toujours en train de nous décider sur le choix du réveillon ou du matin de Noël pour annoncer à Crissy qu'elle va devenir grande sœur.

Brooke avait eu raison. Elle se leva pour lui offrir une étreinte impulsive, que Hanna lui rendit avec enthousiasme.

— C'est tellement excitant. Brad et toi devez être ravis.

Elles se réinstallèrent sur leurs sièges, l'expression de Hanna était une joie rayonnante.

— Oui. Nous avons décidé qu'il était inutile d'attendre pour avoir un bébé. Puisque Crissy va avoir neuf ans et qu'elle est motivée pour nous aider.

— Quand est-ce prévu ?

— En juin, dit Hanna, des étoiles dans les yeux.

Elles discutèrent encore un moment tout en dévorant des

gâteaux au gingembre chauds, jusqu'à ce que le son de chaises qu'on recule en grattant le sol résonne dans l'autre pièce. Dans la minute qui suivit, la porte près d'elles s'ouvrit et Brad entra, Mack sur ses talons.

— Désolé d'avoir interrompu votre soirée, déclara Brad en avançant vers Hanna.

Il s'agenouilla près de son fauteuil et prit ses doigts entre les siens, lui embrassant les phalanges tout en la fixant avec adoration.

— Merci de m'avoir attendu, ajouta-t-il.

— Je t'attendrai toujours.

— Félicitations, déclara Brooke. J'ai appris la nouvelle.

Le sourire fier de Brad s'étira sur son visage d'une oreille à l'autre, mais c'était la manière dont il passa prudemment un bras autour de Hanna qui se tenait à ses côtés qui proclamait encore plus fort à quel point il tenait à son épouse.

Brooke et Hanna se mirent d'accord pour se retrouver plus tard dans la semaine, puis cette dernière et Brad rentrèrent chez eux, laissant Brooke et Mack dans la salle à manger.

Des bruits étouffés continuaient de s'élever de la caserne en dessous d'eux, Brooke étant venue assez souvent pour reconnaître les sons.

— Quelqu'un travaille sur l'équipement ?

— Alex et Ryan préparent des sacs d'urgence. Au moins ils ne sont pas dans la pièce avec nous, répondit Mack en lui prenant la main pour l'attirer vers lui. S'il te plaît, dis-moi que tu peux rester un moment.

Tous deux avaient convenu qu'ils ne feraient pas de cochonneries pendant que quelqu'un d'autre serait dans la caserne. Aussi triste que ce soit, Brooke avait quelque chose d'autre de tout aussi important à l'esprit. Elle avait absolument besoin que Mack lui prête une oreille pour qu'elle puisse lui soutirer des idées.

De plus, même si le sexe n'était pas au programme, rien n'interdisait de s'embrasser un peu pendant leur brainstorming.

~

CE N'ÉTAIT PAS du tout ce que Mack avait eu à l'esprit quand il l'avait appelée plus tôt. Il entraîna Brooke dans la salle de séjour, s'installa sur le canapé et l'attira sur ses genoux.

La manière dont elle se lova contre lui exprimait des mois de familiarité, et le trou dans son cœur n'attendait qu'à être comblé.

Mack avait des projets. D'énormes projets importants qui changeraient leur vie. Il y pensait sérieusement depuis l'été. Passer du temps avec Brooke était une des choses les plus naturelles dans son monde et il n'avait aucune intention de rater quelque chose d'aussi parfait.

Seulement, il y avait une chose qu'il n'avait pas encore trouvée. Peut-être deux. Mais alors qu'il passait la main dans la nuque de Brooke et rapprochait leurs lèvres dans un lent baiser persistant, Mack rêvait de la bague qu'il avait achetée un mois auparavant et de l'envie qu'il avait de la glisser à son doigt.

Tout dans leur relation avait été si tranquille depuis le début qu'il voulait que cet événement soit différent. Pas différent dans le sens de gênant ; mais il voulait que l'instant où il ferait sa demande soit important et mémorable pour qu'ils puissent y repenser et sourire. Un événement épique à partager plus tard avec des amis et une famille.

C'était la première raison pour laquelle l'écrin de la bague brillante était encore rangé en toute sécurité près de son lit. La seconde raison ?

Le père de Brooke...

Mack écarta ses inquiétudes et se concentra sur la femme

qui se pelotonnait contre lui et passait les doigts sur ses bras dans un rythme lent et régulier qui l'échauffait, malgré tout.

Il lui mordilla la lèvre inférieure et elle se mit à rire, remontant les mains pour les enfouir dans ses cheveux.

Elle les enserra et tira légèrement dessus.

— Hé. J'ai besoin de conseils, dit-elle.

Brooke se tortilla pour quitter ses genoux, mais il ajusta sa position pour que les jambes de celle-ci restent drapées sur les siennes. Il avait besoin de ce lien. Il leva le regard pour croiser le sien.

— Tu devrais totalement acheter un nouvel ensemble de lingerie. J'aime le bleu, lui dit-il.

Elle resta bouche bée une seconde avant de rouler des yeux.

— Non que tu aies beaucoup l'occasion de me voir en sous-vêtements, le taquina-t-elle. Il semble que chaque fois que nous sommes seuls, nous sommes trop pressés de nous déshabiller pour nous inquiéter du défilé de mode.

Son commentaire improvisé le prit de court, mais il le mit de côté pour y réfléchir plus en détail plus tard alors qu'il lui accordait toute son attention.

— Quelle est la vraie question ?

— Mon père parlait de vouloir un Noël à l'ancienne, et je ne suis pas du tout sûre de savoir de quoi il parlait.

Elle fixa le plafond du regard.

— Mais je ne veux pas lui demander franchement parce que ce qui a déclenché ça, c'était la découverte de la dernière paire de pantoufles que ma grand-mère avait tricotées. Elle est usée. Alors... est-ce qu'il souhaite une partie des choses qui se passaient quand elle était encore là ? Je ne suis pas sûre de ce que ça veut dire « à l'ancienne », mais si j'arrive à le deviner, cela rendra les fêtes plus significatives que s'il me donnait une liste et que je cochais les cases.

Waouh. Cela pourrait être un défi intéressant.

Mack se redressa et son cerveau tourbillonnait déjà sous de possibles idées.

— Je ne connais pas grand-chose sur les traditions typique de Noël... je n'en ai pas eu beaucoup moi-même en grandissant, étant dans une famille militaire et déménageant tout le temps, mais c'est une chose pour laquelle j'adorerais t'aider.

Ainsi qu'une chance de se constituer leurs propres souvenirs. Une chance de peut-être déterminer le moment parfait pour seller leurs vies ensemble ?

Peut-être une chance d'impressionner le père de Brooke...

Pas que Mack avait le projet de lui demander la *permission* de l'épouser, mais avoir l'approbation et la bénédiction de Gary serait une bonne chose. Pour l'instant, c'était comme si chaque fois que le père de Brooke apercevait Mack, son expression devenait troublée.

C'était étrange, et franchement, c'était agaçant. Mack était un gars sympathique, bon sang. Malgré tout, Gary réussissait à lui donner l'impression d'avoir dix ans et de l'avoir surpris avec la main dans le pot de confiture.

Brooke était déjà en mouvement. Elle sortit un carnet et se réinstalla à ses côtés, ouvrit une nouvelle page et l'intitula soigneusement *Projets de Noël à l'Ancienne*.

— Je me souviens de certaines des choses que mamie et papy faisaient durant les fêtes. Je ne suis pas sûre de la raison pour laquelle nous avons arrêté de les faire. Je suppose que lorsque nous nous sommes retrouvés rien que tous les deux, c'est devenu trop pour nous. Ça ne semblait pas nécessaire de les célébrer de la même manière. Mais il y avait ces gâteaux qu'il adorait. Je n'arrive pas à me souvenir de leur nom, mais nous pourrions en préparer une fournée.

Elle plissa le nez.

— Si j'arrive à trouver la recette.

Mack lui enfonça légèrement un coude dans les côtes.

— C'est une tâche avec laquelle je pourrais certainement t'aider étant donné tes talents dans la cuisine.

Elle haussa un sourcil.

— J'ai entendu des rumeurs qui disaient que tu as fait brûler quelques repas ici, dans la caserne.

— Seulement quand tu me distrais, admit-il en lui volant un baiser. Donne-moi ce carnet. Rappelle-toi. De quoi te souviens-tu d'autre ?

Elle lui tendit le carnet alors que son regard devenait lointain et se tournait vers le passé. Elle commença lentement puis parla avec plus d'animation alors que les souvenirs affluaient. De la musique, des repas. Toutes les choses qui avaient fait partie de son monde en grandissant avec Gary et ses grands-parents.

Brooke se secoua à un moment et croisa le regard de Mack, et un doux sourire sur ses lèvres.

— Tu aurais apprécié mes grands-parents. Ils ont contribué à m'élever, et pourtant ça ne m'a jamais donné l'impression qu'ils essayaient de remplacer ma mère inexistante. Papa était papa, mamie et papy étaient les personnes qu'ils étaient, et nous nous entendions tous bien. C'était plutôt agréable.

Brooke regarda de nouveau fixement dans le vide.

— Ça ne semblait pas spécial, ajouta-t-elle, mais en y repensant, ça l'était vraiment.

Le regard de Mack s'attarda sur elle alors qu'il pensait à sa propre enfance.

— Quand on est enfant, on ne se rend pas compte de ce qui fait un souvenir. Je me souviens qu'on sortait manger le jour de Noël. Suivant l'endroit où maman était affectée, il y avait toujours un restaurant d'ouvert, habituellement un chinois, et c'était la manière la plus simple de fêter ça quand papa s'en occupait.

Brooke écarquilla les yeux et Mack se mit à rire devant son expression presque horrifiée.

— Ne me regarde pas comme ça. De la nourriture chinoise pour Noël, c'était génial parce que c'était... une tradition. Et même si papa cuisinait très bien des repas basiques, quelque chose d'autre que de la viande et des patates, c'était un festin.

Brooke recula légèrement, mais elle hocha lentement la tête.

— Exactement. *Nos* traditions... Le Noël à l'ancienne que papa cherche, ce n'est pas une question de repas du début du siècle ou de bougies sur l'arbre.

Il frissonna. C'était impossible de s'en empêcher alors qu'une image de cette souricière lui venait à l'esprit.

Un rire échappa à Brooke.

Sale gosse. Il lui lança un regard noir.

— Tu l'as fait exprès.

Un clin d'œil doux le lui confirma avant qu'elle ne continue.

— Nous devrions nous concentrer sur ce que nous avions... les traditions que nous avons ignorées ces dernières années. Ce sont *nos* manières à l'ancienne de fêter ça.

Elle fronça les sourcils et se concentra.

— Je me demande si nous avons des photos que je pourrais consulter, parce que je jurerais que nous avions des décorations à mettre sur le toit, mais je n'arrive pas à bien me les représenter.

— Des décorations, de la nourriture... y compris les mystérieux gâteaux sans nom faits avec des ingrédients inconnus. Et de la musique, mais tu ne te souviens pas de la chanson exacte. Cela semble simple, la taquina Mack.

Brooke se tapota les lèvres.

— Tu étais là l'année dernière pour Noël, et tu *sais* que

nous sommes restés simples. C'est ta chance de m'aider à passer à la vitesse supérieure. Es-tu prêt à relever le défi ?

— C'est exactement le genre de mission que je veux accepter, lui assura Mack. Nous devrons nous organiser avec mes heures ici et les tiennes au garage, mais si tu peux sortir un album photo ou deux, nous pourrons commencer à faire des projets spécifiques.

Ce qui voulait dire qu'*il* pourrait faire des projets spécifiques... ceux concernant son éternité. Parce que quelque part dans la création de merveilleux souvenirs, il y aurait un moment qui serait parfait, et il serait prêt.

Avant que Noël ne soit passé, il était déterminé à exécuter sa mission : créer le souvenir parfait de Brooke Silver.

2

———————

Brooke retira sa parka d'hiver, la chaleur du café Buns and Roses s'enroula autour d'elle comme une étreinte chaleureuse.

Elle avait à peine posé son tote bag sur la petite table que deux bras forts la piégèrent et la serrèrent fort.

— Tu t'es fait rare, se plaignit Tansy Fields quand elle relâcha enfin Brooke.

La blonde habituellement souriante agita un doigt devant le visage de Brooke comme si elle était prête à mettre son nom sur la liste des vilains enfants du Père Noël.

— Mais tu es là maintenant, continua-t-elle, alors je te pardonne. Du moment que tu me dis que tu viendras à notre prochaine soirée entre filles.

Brooke s'installa sur sa chaise, souriant à son amie.

— Oui, je serai là.

— Bien, parce que la plupart de nos copines nous lâchent pour une grosse fiesta pour les clans Stone et Coleman. Pour le moment, pour autant que je sache, il n'y aura que toi, Rose et Hanna et moi pour la soirée.

Quelqu'un appuya sur la cloche du comptoir et Tansy se déplaça rapidement pour répondre à l'appel.

Brooke la laissa partir, sachant que dès qu'elle aurait une occasion, Tansy reviendrait la voir en douce.

En attendant, elle n'avait que quelques minutes pour s'installer avant que Mack n'arrive comme promis. Puisqu'aucun d'eux n'avait une longue pause, elle pourrait aussi bien rendre leur moment ensemble aussi efficace que possible.

Elle avait fait des recherches ces derniers jours, surprise de découvrir le peu qu'il leur restait de l'époque où son père et elle avaient vécu avec les parents de celui-ci. D'un autre côté, cela faisait quinze ans depuis que ses grands-parents avaient déménagé dans une résidence pour seniors et que son père et elle avaient changé de logement en prenant l'appartement au-dessus de l'atelier de mécanique.

Il n'y avait pas beaucoup d'espace de rangement, mais l'absence de babioles et de souvenirs avait probablement plus à voir avec le fait que la Brooke de quatorze ans s'était occupée d'emballer ces objets à garder ou à donner aux associations. À l'époque, son père s'était concentré sur deux choses : continuer à faire tourner leur gagne-pain tout en installant ses parents du mieux qu'il pouvait. Mamie venait d'avoir un AVC, et papy était complètement focalisé sur le fait d'être là pour elle pendant qu'ils s'habituaient à leur nouvel environnement.

La Brooke adolescente n'avait pas eu la moindre idée de ce qui devait être gardé en souvenir et regrettait maintenant ses choix désastreux.

Elle venait d'ouvrir le meilleur album photo du paquet quand Mack entra brusquement dans le café, l'air froid et le vent surgissant avec lui avant qu'il ne ferme la porte.

Il lança un grand sourire à travers la pièce.

— Jack Frost à votre service.

Tansy secoua la tête, amusée, alors qu'elle était à la machine à expresso.

— Si tu transformes mes boissons chaudes en granités, je trouverais un moyen de me venger.

— Pourquoi pas deux grands *lattes* et le gâteau spécial, à la place ?

— Ce sont des roulés à la cannelle avec un glaçage au fromage frais. D'accord.

Tansy ramena son attention sur la commande devant elle.

Mack se laissa tomber sur la chaise à côté de Brooke et se pencha pour lui offrir un rapide baiser.

— Hé.

Son odeur s'attarda… le piquant hivernal et la plus légère couche de cendre de bois, parce qu'il semblait que les pompiers ne se débarrassaient jamais complètement de la fumée qui faisait partie intégrante de leur gagne-pain.

Brooke lui sourit chaleureusement, posa les doigts sur la main qu'il avait placée sur sa cuisse.

— Combien de temps as-tu ?

— Jusqu'à midi ou jusqu'à un appel d'urgence. Et toi ?

— Midi aussi. Tu veux voir ce que j'ai trouvé ?

Mack repositionna sa chaise et se rapprocha pour pouvoir passer son bras autour d'elle et la nicher contre lui. C'était un geste banal, familier et normal, et la tension en Brooke se calma suffisamment pour que l'inspiration prise ensuite soit profonde et apaisante.

C'était si facile d'être près de lui. Et en cet instant, cette aisance aidait à apaiser le nœud d'inquiétude qu'elle avait découvert en elle. Ce n'était pas comme si son père serait très déçu si les choses ne fonctionnaient pas. Son père était tolérant et plutôt décontracté, alors son malaise ne le concernait pas.

Brooke prit une nouvelle inspiration profonde, la laissa lentement sortir et s'appuya contre Mack.

— Je ne sais pas pourquoi je suis si obsédée par ça. Enfin, je sais que je m'applique toujours sur les détails dans tout ce que je fais, mais j'ai l'impression que c'est très important. Ça n'a pas de sens.

Mack serra son bras autour d'elle et émit un petit rire doux. Le mouvement de son corps la remua.

— Tu n'as pas besoin de le comprendre pour le gérer. Allons. Montre-moi ce que tu as trouvé, et nous verrons si nous pouvons faire quelques projets définitifs. Si tu as une liste sur laquelle commencer à travailler, cela t'aidera à te détendre un peu.

Ce qui était vrai, et bien trop révélateur.

— Ça devrait m'inquiéter que tu connaisses toutes mes manies et mes défauts, marmonna-t-elle en ouvrant la première page de l'album photo.

Les lèvres de Mack se pressèrent contre sa joue avant qu'il ne lui murmure doucement à l'oreille, secrètement, rien que pour elle :

— J'aime connaître tous tes secrets.

— Je m'en doute.

Le son de plaisir de Mack gronda contre elle comme une caresse.

— Si tu ne veux pas que tout le monde sache que je connais tes points chatouilleux, tu ferais mieux de révéler les détails pour que nous puissions planifier cette mission.

Cela la fit rire. Brooke se tourna sur son siège et lui fit un sourire amusé.

— Et le soldat sort de sa cachette. J'aime ça quand il se pointe.

— Ce n'est pas comme s'il était encore en service actif, la taquina Mack, puis il lui vola l'album photo. Le capitaine prend actuellement les commandes puisque la civile semble incapable de suivre les ordres.

Brooke se mit à rire puis tourna les pages, pointa du doigt des photos et lui expliqua ce qu'elles représentaient et qui étaient les personnes qu'ils regardaient alors que les souvenirs affluaient.

Ce n'était pas le meilleur des albums photo. Mamie n'avait à l'évidence jamais entendu parler de la folie scrapbooking, et Brooke ne s'y intéressait pas, à l'époque. Il était tout à fait possible que cela ait été papy ou son père qui avait fourré les photos dans l'album magnétique en ignorant l'ordre chronologique.

— Voilà la maison dans laquelle j'ai grandi. Elle est dans Elm Street, même s'ils ont fait un tas de rénovations et ajouté un deuxième étage.

Mack se rapprocha, puis laissa glisser un doigt sur l'étalage criard de lumières qui couvrait presque chaque centimètre du toit.

— Quelqu'un s'est amusé avec les lumières et les échelles. Beaucoup, beaucoup amusé...

Tansy arriva avec leur commande de boissons à temps pour entendre son commentaire et elle éclata de rire.

— La légende raconte que la famille Silver a lancé la tradition des décorations de Noël extérieures à Heart Falls. Tout le monde autour d'eux a pensé que s'ils devaient être aveuglés par les lumières, ils pourraient aussi bien se joindre à eux et mettre des décorations de Noël aussi.

Tansy posa les boissons sur la table ainsi que des roulés à la cannelle de la taille de la main tendue de Brooke, puis répondit à un autre appel.

L'amusement de Mack disparut lorsqu'il se tourna vers Brooke.

— Mais j'étais chez toi l'année dernière, et tu n'avais mis aucune décoration. Peut-être une guirlande lumineuse autour de la vitre dans le garage.

Elle fut forcée de hausser les épaules.

— Ce n'était pas haut sur la liste des priorités, je suppose. Je n'en suis pas sûre. Peut-être que c'est papy qui faisait la décoration de la maison, pas papa.

Mack hocha pensivement la tête et se pencha pour examiner la maison encore une fois avant de pointer du doigt son carnet et de lui demander d'écrire une liste.

— Voyons si nous pouvons découvrir ce qui est arrivé aux anciennes décorations, mais si nous n'y arrivons pas, je serai créatif.

— Si tu trouves les anciennes décorations, tu devras les mettre à jour parce que ta facture d'électricité sera de cinquante millions de dollars.

Ce commentaire provenait d'une nouvelle personne qui les rejoignait à table. Rose Fields, la sœur de Tansy et la propriétaire du magasin de fleurs et de bibelots jouxtant le café.

Elle sourit à Brooke avant de pencher la tête vers Mack, ses longs cheveux brun foncé glissant sur ses épaules tandis que son regard était éloquent.

— Au cas où tu voudrais être préparé, je devrais mentionner que je fais une promo en ce moment sur les LED.

Il lui accorda un grand sourire.

— Brooke, ajoute ça à la liste des choses à faire. Acheter des décorations chez Rose.

Les gars à la table d'à côté appelèrent Mack, et il se leva en s'excusant, se joignant à la discussion sur les permis pour les feux de camp.

Rose tira avantage de cette opportunité pour se pencher en avant d'un air conspirateur.

— Alors, comment ça se passe entre toi et Capitaine Beau Gosse ?

Brooke haussa les épaules.

— Bien. Nous faisons des projets de Noël.

Un air d'excitation grandissante apparut sur le visage de son amie.

— Est-ce que ce sont de grands projets ? Des projets *étincelants* ?

— Je crois. Mon père a fait un commentaire au sujet d'un Noël à l'ancienne, alors nous essayons de trouver ce que nous faisions quand mes grands-parents étaient encore vivants.

Rose plissa pratiquement le nez de dégoût.

— Tu tues mes espoirs de fêtes, miss.

Un petit rire échappa à Brooke avant qu'elle ne puisse s'en empêcher.

— Parce qu'organiser des fêtes à l'ancienne n'implique pas d'acheter assez de choses dans ton magasin ?

Son amie recula légèrement, toute légèreté disparaissant de son expression devenant bien plus pensive.

— Tu es sérieuse. Tu es jusqu'au cou dans quelque chose qui implique... ton père.

— Est-ce qu'il est censé y avoir autre chose de prévu ?

— Oh mon Dieu. Tu es tellement ignorante, parfois. Pour une personne intelligente.

Rose lança un coup d'œil pour s'assurer que Mack était toujours occupé avec les gars avant de baisser suffisamment la voix pour que Brooke puisse à peine l'entendre.

— Vous sortez ensemble depuis longtemps.

D'accord, elle comprenait les tenants et les aboutissants.

Même si Brooke était prête à attendre que le futur arrive – celui qui incluait Mack et elle dans une relation totale à plein temps – elle n'était pas prête à discuter de ses raisons d'attendre *ad nauseam* avec ses amies.

Ce qui voulait dire bluffer. Bluffer, c'était bien – mieux que bien, parce que faire semblant d'être ignorante était aussi amusant, et si elle ne pouvait pas avoir Mack vingt-quatre heures sur vingt-quatre, sept jours sur sept, alors elle ferait l'idiote.

— Non. Je suis toujours perdue, avoua-t-elle.

Mack revint à table ; Rose se levait brusquement pour répondre à la cloche de l'autre côté du magasin.

Rose agita les doigts en partant, lançant un dernier commentaire par-dessus son épaule.

— À un certain moment, je te donnerai un plan.

Son visage ne pouvait rester impassible. Brooke se mordit la lèvre inférieure et fit à son petit ami ce qui était censé être un sourire tordu alors que son amusement bouillonnait en elle.

Totalement conscient du temps qui s'égrenait, mais curieux de la raison de cette expression sur le visage de Brooke, Mack s'installa sur son siège puis la regarda de plus près. Mais elle ne semblait pas être contrariée, simplement agitée.

— Pourquoi Rose parlait de plan ?

Brooke remua les épaules dans un mouvement qui faisait penser à quelqu'un qui avait de la neige qui fondait sur son dos.

— Elle a peut-être besoin d'un autre café ou deux. Pas de quoi s'inquiéter.

— C'est une saison chargée pour elle. Elle est probablement fatiguée, signala-t-il.

Il tendit la main vers l'album photo et ramena le carnet devant Brooke.

— Retournons au travail, continua-t-il. Nous allons retrouver les décorations et les ajuster si nécessaire. As-tu trouvé des recettes ?

— Oh, oui.

Elle tourna impatiemment les pages vers une autre section du livre et lui montra une demi-douzaine de fiches de recettes qui avaient été placées à côté de photos qui n'avaient aucun rapport.

Un rapide coup d'œil suffit à montrer qu'il restait un problème.

— Tu as une idée de la langue dans laquelle elles sont écrites ?

— Ça doit être du suédois.

Mack lui adressa un grand sourire.

— Et est-ce que tu lis le suédois ?

Elle secoua la tête, mais avait à l'évidence résolu cette partie-là.

— Il y avait un tas de personnes dont c'était le cas à la résidence pour seniors où vivaient mamie et papy. Je voulais obtenir une traduction. Je ne sais pas quelle est celle des gâteaux, mais ce serait sympa d'avoir toutes les autres aussi.

— Plus de choses à brûler. Ça me paraît bien.

Il se balança hors de sa portée quand elle fit semblant de lui donner un coup de poing.

— Tu as trouvé autre chose ? demanda-t-il.

— Une mention de la chanson. Ou du recueil dont elle sort. J'aurais juré qu'il y avait le mot *yule* dans le titre, mais rien n'est ressorti quand j'ai cherché sur Google. J'ai pensé que je pourrais peut-être demander aussi de l'aide là-dessus à la résidence pour seniors.

Ce n'était pas une destination typique de rencard, mais au cours des années, Mack avait passé beaucoup de temps à aller dans différents endroits pour rencontrer des gens. La Résidence pour Seniors de Heart Falls était remplie de membres solides de la communauté, et la plupart d'entre eux adoraient évoquer des souvenirs.

— J'aimerais venir avec toi, mais il faudra que ce soit demain après-midi.

— Je peux faire ça.

Brooke tourna une autre page et leva l'album d'un air triomphant.

— Ça, je m'en souviens, et nous n'aurons besoin de personne pour nous la traduire.

Il regarda la page. Une collection hétéroclite d'objets était visible allant d'un pull difforme à un ours en peluche avec une jambe plus longue que l'autre et des yeux dépareillés.

— Tu es de la famille de Tim Burton ?

Brooke pouffa.

— Je ne me rappelle pas quand ça a commencé, mais même si j'avais des cadeaux achetés dans un magasin pour mon anniversaire et pendant l'année, les cadeaux de Noël étaient toujours faits maison.

Un autre coup d'œil à la page et Mack vit des jouets en bois sculptés, des objets tricotés. Des peintures et d'autres créations artistiques.

— D'accord.

Brooke regardait fixement la page avec douceur.

— C'est la seule tradition que papa et moi avons plus ou moins perpétuée. Je ne sais pas si ça a été dit que nous ne nous achetons rien, mais habituellement je lui prépare un panier-repas... et pas de commentaires impertinents sur le fait que je le fais brûler. Il me prépare quelque chose dans l'atelier ou fait quelque chose d'aussi simple qu'astiquer mes outils pour que je puisse commencer la nouvelle année avec, comme s'ils étaient neufs.

Une sensation douce et joyeuse envahit Mack.

— Alors je suppose que je n'ai pas trop foiré l'année dernière quand je t'ai apporté ce paquet surprise ?

— Hé. Tu as raison.

Elle s'appuya sur ses coudes, l'album photo oublié, heureuse et légère, ses longs cheveux glissant sur ses épaules.

— Je vais mettre ça sur la liste.

— Les paquets surprise ?

— Des cadeaux faits maison, corrigea-t-elle. Je ne vais pas te dire ce que je te prépare, mais si tu veux m'offrir quelque chose, c'est officiellement la règle maintenant.

Mack pensa à l'écrin qui lui brûlait les doigts.

— Alors... je vérifie. Le fait maison, c'est *juste* pour les cadeaux de Noël ?

Elle hocha fermement la tête puis ferma à demi les yeux.

— Parce que la lingerie sexy est au-delà de nos capacités de couture à tous les deux.

Il se mit à rire suffisamment fort pour attirer l'attention de Tansy derrière le comptoir. Il rapprocha Brooke de lui et parla doucement.

— C'était inapproprié à tant de niveaux. Numéro un, tu n'as aucune idée de mes talents en couture, et numéro deux, Seigneur, je ne sais pas pourquoi tu coudrais une chose pareille pour *moi*.

Elle glissa les bras autour de son cou et l'embrassa rapidement. Un geste d'affection approprié pour un endroit public, mais suffisamment brûlant pour déclencher un feu en lui.

Il emporta cette chaleureuse lueur dans son cœur en sortant du café dans la journée neigeuse de décembre.

3
———

Brooke rangea ses outils après le dernier réglage de la journée et s'essuya les mains sur un chiffon en rejoignant son père, qui avait le nez sous sa voiture classique.

Elle se pencha pour s'assurer de ne pas le surprendre, et quand il croisa son regard, elle lui lança un clin d'œil.

— J'ai terminé le boulot sur la Chevrolet des Graham. Je vais me laver rapidement puis sortir si tu n'as pas besoin que je fasse autre chose.

Son père devint pensif pendant un instant puis secoua la tête.

— Je vois bien que c'est la lente saison. À peine vendredi après-midi et nous avons déjà terminé ? Ne fais pas de folie avec les cadeaux de Noël... nous allons devoir réduire les dépenses jusqu'à ce que nous puissions convaincre tout le monde qu'il est temps de faire une révision pour le Nouvel An.

— Nous avons assez de clients réguliers. Ça ira, le rassura Brooke.

Elle ignora délibérément son commentaire sur les cadeaux

de Noël parce qu'elle ne voulait pas qu'il pense à ce qui pourrait se produire.

Elle réfléchissait toujours à ce qu'elle voulait faire pour sa contribution faite maison pour la fête. Cet après-midi, elle trouverait d'autres détails. Mack et elle avaient pris un rendez-vous pour passer au foyer où papy et mamie avaient vécu quelques années auparavant.

— Tu seras rentrée pour le dîner ? demanda son père.

— Peut-être. Je ne sais pas à quelle heure nous aurons fini, Mack et moi. Je ne sais pas s'il a d'autres projets. Je pourrais finir par le ramener à la maison.

Son père émit un son, mais il roula de nouveau sous le châssis et il fut impossible de voir son visage.

Pendant tout le trajet jusqu'à la résidence, elle s'inquiéta de l'idée qui l'avait travaillée. Ce n'était pas comme si son père lui avait dit franchement qu'il n'appréciait pas Mack, mais il y avait un paquet de grognements négatifs et de communication non verbale qui se pointait quand elle parlait de lui.

Comme si son père essayait désespérément de prétendre que Mack n'existait pas, ce qui était stupide. Son petit ami était un mec bien et honnête, qui ne marchait pas sur les plates-bandes des gens ou était égocentrique. Elle aurait certainement pu trouver pire.

Et alors que Mack se dépliait de derrière le siège de sa camionnette et s'avançait vers le véhicule de Brooke, elle le regarda de haut en bas et pensa qu'il aurait fallu qu'elle gagne à la loterie pour trouver mieux.

Bon sang, cet homme était canon. Des cheveux bruns, de larges épaules. Son menton et ses joues étaient parsemés d'un début de barbe, et la courbe sensuelle de sa bouche puissante promettait de l'espièglerie.

Il ouvrit sa portière.

— Service de voiturier.

— Ouais, c'est ça. Tu veux simplement conduire ma camionnette.

Le regard de Mack tomba sur ses lèvres. Il se rapprocha suffisamment pour la faire tourner vers lui puis glissa les hanches de Brooke vers l'avant du siège. Le mouvement plaça ses jambes de chaque côté du corps de Mack, et lorsque leurs torses se touchèrent, un gémissement doux s'échappa des lèvres de celui-ci.

— Il y a un tas de choses que je veux conduire, et ta camionnette n'est que l'une d'elles.

Un frisson remonta le long de la colonne vertébrale de Brooke.

— Ce n'est pas juste de faire rugir mon moteur. Vous avez des pompiers volontaires en roulement à la caserne ce soir, n'est-ce pas ?

Mack se rapprocha, glissa sa joue contre celle de Brooke et inspira profondément comme s'il absorbait son odeur. Il déposa ses lèvres contre son cou, remonta jusqu'au point sensible derrière son oreille en y déposant des baisers et la fit de nouveau frissonner.

— Nous pouvons trouver un endroit où être seuls, mais d'abord nous avons un rendez-vous avec un couple très gentil qui a hâte de nous dire bonjour.

Elle prit son visage entre ses paumes, se tourna pour pouvoir l'embrasser correctement, bouche contre bouche, leurs torses en contact.

Mack prit le contrôle, toujours clairement aux commandes. Il lui mordilla la lèvre inférieure. Ses mains l'agrippaient étroitement, et ses pouces la frottaient d'avant en arrière le long de sa taille et Brooke pensa encore une fois au fait stupide de vivre en trop grande proximité avec son père à presque trente ans.

Non que cela les ait complètement arrêtés. Mack était

bien trop sexy pour lui résister, et étant donné qu'elle était adulte, elle avait tous les droits de ramener qui elle voulait chez elle.

Jusqu'à l'année passée, elle s'en était rarement donné la peine.

Seigneur, la bouche de Mack la rendait folle. Il se tenait là à stimuler sa libido, comme s'ils n'avaient nulle part où aller, malgré son commentaire précédent. C'était comme s'il essayait de la tourmenter, ainsi que lui-même en même temps, parce que lorsqu'ils se séparèrent enfin, leurs fronts posés l'un contre l'autre, son gémissement de frustration se répercuta jusqu'aux orteils de Brooke.

— Ça me tue, marmonna-t-il avant de reculer et de lui tendre la main pour la faire descendre de la banquette. OK. L'Opération À l'Ancienne commence pour de bon. Allons-y avant que je ne fasse quelque chose qui nous fera arrêter.

Brooke glissa les doigts entre les siens. La main de Mack s'enroula autour de la sienne, grande et protectrice. Le vent glacial qui venait du Nord se faisait sentir, mais le ciel était bleu turquoise, et le soleil étincelait sur la neige comme si un million de fées dansaient contre l'étendue blanche. Un chemin magique sur lequel marcher en allant vers les doubles portes d'entrée de la résidence pour seniors.

— Je ne suis pas venue ici depuis longtemps, admit-elle d'un air coupable.

— Tes grands-parents sont morts il y a un moment, n'est-ce pas ?

— Il y a deux ans pour papy. Environ quatre pour mamie.

Ils approchaient des marches, les trottoirs complètement dégagés de neige et de glace.

— Nous avions l'habitude de venir régulièrement, mais une fois qu'ils n'étaient plus là, c'était beaucoup trop dur de continuer à venir.

Même s'il y avait des gens ici qui avaient été importants dans la vie de ses grands-parents, les liens s'étaient relâchés.

Mack et elle passèrent la porte et pénétrèrent dans la chaleur. Avant que Brooke ne puisse aller vers le bureau d'accueil, il l'attira sur le côté du couloir. Ses doigts forts levèrent son visage vers lui, son regard l'examinant.

Il parla doucement d'un ton affectueux.

— Tu n'as pas à avoir l'impression d'avoir fait quelque chose de mal. Tu es une personne gentille et aimante, et même si tu n'as pas été vraiment *là* à donner de cette attention, crois-moi, tu as beaucoup d'amis qui te diraient merci pour tout ce que tu as fait dans leur vie.

Il avait raison, mais c'était quand même étrange de revenir dans cet endroit familier après une si longue absence.

— Merci.

Elle se mit rapidement sur la pointe des pieds et l'embrassa avant de le guider vers la réception.

Il n'y avait personne derrière le bureau, mais alors que Brooke tendait la main vers la sonnette, quelqu'un sortit de la salle de documentation.

La femme s'avança énergiquement en remettant ses cheveux bruns en place. Ses yeux brillaient d'intelligence et un sourire incurvait ses lèvres.

— Puis-je vous aider ?

— Je suis Brooke Silver. Mes grands-parents habitaient là, avant.

Brooke lança un coup d'œil dans le couloir lorsque le son de rires résonna au loin.

— J'ai appelé plus tôt dans la semaine pour voir s'il y avait quelqu'un qui les connaissait et qui habitait encore ici. J'ai aussi une recette, j'espère que quelqu'un pourra y jeter un coup d'œil et m'en faire une traduction.

La femme hocha la tête.

— J'ai entendu dire que vous passeriez. Venez, je vais vous emmener dans la salle commune. Je pense que toutes les personnes à qui vous devez parler sont là en ce moment, de toute manière. C'est l'heure du thé et des gâteaux.

— Je ne vous ai jamais vu. Êtes-vous nouvelle ? demanda Mack, les doigts toujours entrelacés à ceux de Brooke alors qu'ils avançaient sur le linoléum blanc immaculé.

La femme secoua la tête.

— Je suis bénévole. Mes grands-parents vivent dans le foyer. Je viens d'emménager dans la communauté. Je m'appelle Yvette.

— Mack Klassen, répondit-il en lui tendant la main. Pompier du coin.

Yvette la lui serra, puis fit de même avec celle de Brooke en lui répondant :

— Vétérinaire.

— Oh, j'ai entendu parler de vous, dit Brooke avec empressement. Vous avez rejoint Josiah Ryder dans sa clinique.

— C'est un super boulot, et c'est un super patron. Pour l'instant, dit-elle en plaisantant. Quel est votre domaine ?

— La mécanique.

Yvette hocha vivement la tête.

— Parfait. J'aurais besoin de votre numéro avant que vous ne partiez parce que ma voiture m'a amenée ici, mais elle roule parce que c'est la mode.

La pièce principale de la résidence était remplie de petites tables rondes avec des chaises confortables autour. La moitié des tables était occupée par deux ou trois personnes, et devant les occupants des tasses d'un liquide chaud et d'assiettes de biscuits ronds et de biscuits carrés aux dattes étaient posés pile au milieu pour les partager.

Yvette incurva un doigt et les mena sur le côté.

— Il y a quelqu'un ici qui veut vous parler.

Dans son cœur, une palpitation de joie s'embrasa lorsque Brooke lança un coup d'œil et découvrit deux visages familiers. Leurs cheveux étaient un peu plus argentés, ou peut-être qu'il y en avait un peu moins, mais leurs sourires étaient les mêmes que toutes les fois où elle était entrée pour rendre visite à ses grands-parents.

— Mr et Mme Wright. Que c'est merveilleux de vous voir.

Geraldine Wright émit un doux petit son qui était probablement tout autant un cri de joie qu'elle s'y autoriserait.

— Douce petite Brooke. Viens. Raconte-nous tout ce que tu fais. Et tu sais que tu es assez grande pour nous appeler par nos prénoms.

Son mari, Floyd, recula son fauteuil roulant et tendit la main à Mack.

— Qui est ce monsieur ?

— Tu connais Mack, dit Geraldine en riant. Ce n'est pas grave si tu ne t'en souviens pas, Floyd, mais c'est le gentil pompier qui vient faire nos exercices d'alerte incendie.

Mack avait pris Floyd par la main et la serrait vivement.

— Vous avez l'air d'aller bien aujourd'hui, monsieur. Est-ce que vous avez eu l'occasion de prendre une tasse de café et un biscuit ?

Floyd eut l'air confus pendant un instant puis sourit.

— Un biscuit me paraît être une excellente idée. Surtout s'il y a du chocolat à l'intérieur.

Il y eut un léger contact sur l'épaule de Brooke, et elle se retourna pour découvrir Yvette qui la regardait attentivement.

— Il semble que mes grands-parents vous connaissent.

— Geraldine et Floyd sont vos grands-parents ?

Brooke lança un coup d'œil au couple qui discutait avec Mack comme si tous trois étaient les meilleurs amis du monde. Elle lança un coup d'œil à Yvette.

— Ils étaient les meilleurs amis de mes grands-parents.

Depuis la mort de mon grand-père, je ne suis pas venue aussi souvent au foyer.

Yvette hocha lentement la tête.

— J'ai vécu à Saskatchewan pendant presque toute ma vie, alors j'apprends à les connaître. Est-ce que ça vous dérange si je reste pendant que vous parlez ?

— Pas du tout.

Brooke fut forcée de détourner les yeux, frappée par une vague d'émotions.

— Je suis venue chercher des informations pour organiser quelque chose de spécial pour Noël. Je ne m'étais pas rendu compte du nombre de souvenirs que cela ramènerait.

— Les souvenirs sont de bonnes choses. J'ai besoin de m'en faire davantage.

Yvette baissa la voix :

— Mes parents s'étaient éloignés de mormor et morfar. Je choisis de recréer le lien pendant que nous avons encore le temps.

C'était un peu comme frapper Brooke sur la tête avec une branche surdimensionnée.

— Ouais. Je suis un peu dans le même état d'esprit.

Elle sourit du mieux qu'elle put, puis fit un geste vers la table.

— Allons prendre d'autres chaises. J'aimerais beaucoup que vous vous joigniez à nous, et j'aurai bien besoin de votre numéro avant de partir.

Au cours des années, Mack avait vécu dans de nombreux endroits et vu beaucoup de choses. En tant qu'enfant de militaire, il avait été traîné à travers le pays. En tant que soldat, il avait voyagé à l'étranger pour son service. Pendant tout ce temps, il avait retenu quelques vérités difficiles, mais celle qui le frappa ce jour-là entre les deux yeux le fit sourire.

Les hommes d'un certain âge avaient une capacité universelle à lui faire carrer les épaules et à lui rappeler ses bonnes manières.

Même s'il était conscient de la conversation que Brooke avait avec la vétérinaire, Mack gardait les yeux fixés sur Floyd Wright. Le vieil homme racontait une histoire décousue qui s'arrêta au milieu d'une phrase quand il décida que l'assiette de biscuits requérait son attention.

Geraldine se pencha en avant de l'autre côté, plissant le nez alors qu'elle souriait à Mack.

— C'est bien que vous soyez là. Mais vous n'allez pas déclencher d'alarmes incendie aujourd'hui, n'est-ce pas ?

Mack secoua la tête.

— Non, madame. Les exercices c'est une fois par mois seulement, et j'étais là la semaine dernière.

— C'est bien, dit-elle en pointant du doigt la journée hivernale. Je sais qu'il fait beau, et que je ne voudrais pas abandonner mon ciel bleu d'Alberta, mais il fait un froid à se geler les miches en ce moment.

Il resta aussi inexpressif que possible, immensément amusé en même temps.

Brooke glissa une autre chaise vers la table, et Yvette et elle se joignirent à eux.

— Tu connais les Wright ? demanda-t-il à Brooke.

Elle hocha la tête puis la pencha vers Yvette.

— Il semblerait que nous soyons dans la théorie des six degrés de séparation. Geraldine et Floyd étaient deux des meilleurs amis de mes grands-parents, et Yvette est leur petite-fille.

— Les petites villes. C'est toujours excitant de découvrir quel genre de relation entremêlée se dévoile.

Il parla à Yvette :

— J'aide à effectuer des exercices d'alerte incendie dans la résidence et j'interviens dans d'autres événements de la communauté. Vos grands-parents mettent toujours l'ambiance.

— Je ne danse pas aussi bien qu'avant, annonça Floyd en se penchant vers Brooke et en tapotant son fauteuil roulant.

Ses yeux étincelèrent.

— Je ne suis pas très vif sur mes jambes, ajouta-t-il.

Les minutes suivantes furent remplies d'une discussion variée, en partant de la danse et de l'arrivée attendue de l'hiver sauvage jusqu'à une franche conversation sur ce qui allait être servi pour le dîner à la résidence.

Mack s'y joignait à l'occasion, mais il observait pendant que les deux femmes badinaient avec le couple plus âgé, toutes celles travaillant à l'unisson quand Floyd oubliait ce dont ils discutaient. Aucune d'elles n'en faisait une affaire et il glissait simplement au sujet suivant.

Soudain, Brooke sortit l'album photo.

Geraldine frappa dans ses mains et ses yeux s'illuminèrent de joie alors qu'ils commençaient à tourner les pages.

— Je ne connais pas tous ces gens, mais bonté divine, Sharon était canon.

Brooke attira l'œil de Mack et articula silencieusement les mots *ma grand-mère*.

Mack était en train de hocher la tête pour montrer qu'il avait compris quand une étrange sensation l'envahit. Il se renfonça sur sa chaise et essaya de comprendre ce que c'était.

Ça ne pouvait pas être de la gêne de visiter la résidence. Bon sang, il avait déjà parlé à ce couple, mais il y avait quelque chose dans cet instant qui lui donnait l'impression d'avoir ouvert une fenêtre et de regarder dehors pour la première fois.

Yvette était honnête et intéressée, se penchant pour écouter attentivement quand ses grands-parents parlaient. Brooke riait en réponse à quelque chose, sa main posée sur la cuisse de Mack comme si le fait qu'ils soient ici ensemble était une chose ordinaire de la vie de tous jours.

Ça l'était.

Et ça ne l'était pas.

Une sensation de malaise chatouilla ses tripes, mais il la repoussa et se concentra sur ce qui se passait maintenant parce que *ça* c'était important.

— Tu as eu une occasion de leur demander quelque chose au sujet de tes projets de fêtes ? encouragea-t-il Brooke.

Elle se redressa, se tourna vers une autre partie de l'album et lança un clin d'œil à Geraldine.

— Comment est votre suédois ?

La vieille femme se mit à rire plus fort qu'il n'était approprié, étant donné la question. Puis un flot de ce qui n'était à l'évidence pas de l'anglais s'écoula de ses lèvres, mélodieux et vif.

Brooke sourit.

— Eh bien, voilà qui répond à cette question. Savez-vous encore le lire ?

Geraldine émit un son moqueur.

— Bonté divine. Bien sûr que je sais encore le lire.

Elle se tapota la poitrine, puis les cuisses et le dessus de la tête avant de se tourner penaude vers Yvette.

— Peut-être que je le lirais mieux si j'avais mes lunettes. Je pense que je les ai laissées dans notre chambre.

Yvette se leva.

— Je vais aller les chercher, mormor.

Elle partit rapidement dans un des longs couloirs.

Geraldine attendit qu'Yvette soit hors de portée, puis se tourna vers Brooke et lui attrapa la main.

— J'aime bien cette fille, mais je pense qu'elle est seule. Elle est arrivée à Heart Falls la semaine dernière. Je pense qu'elle a passé plus de temps avec nous les vieux qu'avec n'importe qui d'autre.

Le regard de la vieille dame se déplaça vers Mack, et elle l'observa avec les yeux plissés. Il ne bougea pas, sans trop savoir ce qu'elle manigançait.

Elle émit un son moqueur.

— Puisque vous êtes déjà pris, est-ce que vous connaissez d'autres hommes gentils à qui nous pourrions la présenter ?

Il étouffa un rire. Les services d'entremetteuse de grand-mère étaient passés à la vitesse supérieure.

— Je mets un point d'honneur à ne pas me mêler de la vie amoureuse des femmes. Leur organisation, c'est à dire. Je trouve ça plus sain.

Brooke faisait de son mieux pour ne pas ricaner et échouait totalement.

— Mme Wright. Je prévois de présenter Yvette à mes amies, mais vous devriez probablement la laisser régler la partie où elle trouve un gars elle-même. Enfin, si c'est ce qui l'intéresse.

— Oh, je sais qu'elle aime les garçons, avança Geraldine avec empressement. Je lui ai dit quand elle parlait de venir nous voir qu'elle pouvait amener la personne qui était spéciale pour elle, son petit ami ou sa petite amie. Nous sommes très progressistes, comme ça. Ou en tout cas je le suis, et Floyd l'est la plupart du temps. Quand il s'en souvient.

Yvette était réapparue dans le couloir et se rapprochait de ce qui était une conversation très gênante.

— Peut-être que nous pourrions lâcher cette idée pour l'instant, et que vous pouvez regarder la recette et voir si vous pouvez la traduire pour nous, suggéra Brooke.

Carnet à la main, et encourageant fermement Geraldine plusieurs fois pour qu'elle s'en tienne au sujet, ils finirent avec trois recettes différentes de biscuits, de ragoût, et de quelque chose qui ressemblait à un porridge aux fruits.

Comme à ce moment-là, Floyd piquait du nez, Mack proposa de le ramener à sa chambre.

— Si ça vous convient, vérifia-t-il auprès de Geraldine.

Elle émit plusieurs fois un son hésitant, à l'évidence tentée par l'opportunité de discuter davantage. Mais elle secoua la tête.

— Pas que je ne vous fasse pas confiance, mais je dois aller me reposer aussi. Et Floyd est contrarié si je ne suis pas avec lui quand il se réveille.

Elle lança un coup d'œil à Yvette.

— Si tu pouvais nous aider à retourner à notre chambre, j'apprécierais.

— J'aimerais beaucoup vous aider, répondit Yvette en faisant un geste vers le carnet de Brooke. Laisse-moi te donner mon numéro pour que tu puisses m'envoyer les coordonnées de ton garage.

Cela leur prit quelques minutes pour quitter la résidence pour seniors. Mack s'arrêta pour parler aux résidents qui le reconnaissaient. Brooke resta à ses côtés, les doigts liés aux siens, et cette étrange sensation qu'il avait ressentie plus tôt revint.

Ils étaient tous deux silencieux pendant qu'ils retournaient vers leurs véhicules, coincés dans leurs têtes. Malgré tout, Mack n'était pas prêt à laisser la journée se terminer. Il tira sur la main de Brooke pour attirer son attention.

— Dîner ?

Une autre expression indéchiffrable passa sur le visage de Brooke, mais elle hocha lentement la tête.

— Tu veux venir chez moi ?

Ce fut comme ça qu'ils finirent par grimper les marches vers son appartement.

Il y avait un mot de son père sur la table.

Parti au Rough Cut avec les gars pour un burger et une partie de billard. Ne m'attends pas.

Brooke sortit le nécessaire pour préparer des spaghettis. Mack chercha dans le frigo jusqu'à trouver ce dont il avait besoin pour confectionner une salade.

Ils s'activèrent ensemble, discutant de leurs récentes activités professionnelles. Mais lorsqu'ils s'installèrent à table avec des assiettes remplies devant eux, Mack pensa qu'il était temps d'obtenir le reste des informations dont il avait besoin.

— Parle-moi encore de tes grands-parents, l'invita-t-il.

Elle leva les yeux, confuse, et il développa.

— Tu m'as déjà raconté des morceaux, et tu as parlé de tes souvenirs de fêtes, mais c'était par bribes. Rassemble toute l'histoire pour que j'aie tout à l'esprit pendant que nous ferons tout ça.

Elle émit un petit rire.

— Tu me demandes un résumé, n'est-ce pas ?

Mais elle hocha lentement la tête, ses yeux devenant songeurs lorsqu'elle commença.

— Ma mère biologique n'était pas ravie à l'idée d'être un parent. Elle est partie quand j'avais environ deux ans, et papa a fini par m'élever seul. Papy était aussi mécanicien, et mamie travaillait dans un cabinet comptable. Papa est retourné chez ses parents pour diminuer les dépenses, et pour avoir un peu d'aide, mais il ne m'a pas simplement déposée chez eux. Il a fait le gros du travail, et ils étaient là en renforts. Sauf qu'ils aimaient nous avoir tous les deux là... je m'en souviens très clairement. Mais ils étaient *mamie* et *papy*. Pour les vraies décisions sur ce qui se passait dans ma vie, papa faisait la loi.

— C'est logique qu'ils aient tous les trois une grande place dans tes souvenirs.

Brooke hocha la tête.

— Mamie et papy me gâtaient un peu, et ils avaient de folles attentes de ce qu'ils pensaient que je devrais faire de ma vie, mais ils n'ont jamais dit à papa qu'il devait faire quoi que ce soit autrement dans la manière dont il m'élevait.

— Tu n'as jamais eu d'autres femmes dans ta vie ? Genre, des femmes avec qui ton père sortait ?

Mack la regarda secouer la tête.

— Ou est-ce que tu ne savais pas quand il sortait avec quelqu'un ? demanda-t-il.

— C'est possible, mais j'en doute. Je sais que ça n'a pas été le cas au cours des dix dernières années quand j'aurais été beaucoup plus consciente de ce genre de choses. Il semble que nous nous suffisions. Moi, papa, mamie et papy. Nous n'avions besoin de personne d'autre.

Ce qui n'était pas exactement ce que Mack espérait entendre.

L'indépendance de Brooke était une chose qu'il trouvait extrêmement attirante, mais cela rendait bien difficile d'imaginer qu'elle attendait qu'il l'entraîne dans une nouvelle relation plus approfondie.

Ils débarrassèrent la table, et même si Mack avait toute la soirée de libre, la sensation de *quelque chose d'étrange dans l'air* fit qu'il ne l'encouragea pas à aller dans sa chambre.

Il la désirait... totalement. Toujours, et ardemment. Mais ce soir-là, cela ne semblait pas approprié de se concentrer sur leur plaisir physique. Ou en tout cas, pas ce genre de plaisir physique.

— Viens là, ordonna-t-il avant de l'entraîner vers le canapé et de l'installer entre ses genoux pour pouvoir lui masser le dos.

Le grognement qui échappa à Brooke alors qu'elle penchait le cou sur le côté était dangereux à tant de niveaux.

— Tu as des doigts magiques.

— La magie est toute à toi, mais seulement si tu promets de

ne pas refaire ce bruit, l'avertit Mack. Ce n'est pas juste de nous exciter inutilement.

Elle pencha un peu plus la tête, les yeux espiègles.

— Je peux avoir un orgasme ici même, tu sais.

— Pas avec mes mains sur ton cou. Pas à moins que tu n'aies un fétiche dont tu ne m'as pas parlé.

Brooke se retourna sur le sol et posa les mains sur les cuisses de Mack.

— Nous pourrions aller dans ma chambre. Tes mains peuvent s'aventurer ailleurs.

La tentation. Une tentation brûlante.

Accompagnée par le choc de la réalité. Brooke avait dit qu'ils étaient toujours pressés, et Mack savait pourquoi. Ils volaient des instants ensemble depuis longtemps, et cela donnait toujours l'impression qu'ils devaient se dépêcher avant d'être interrompus.

Cela devait changer.

Il se pencha en avant et lui embrassa le bout du nez. Il s'éloigna quand elle ricana.

— Tu as un problème avec mes collègues qui peuvent nous surprendre à nous peloter. J'ai un problème avec l'idée de regarder ton père dans les yeux après t'avoir fait passer à la casserole.

Brooke hocha la tête en se redressant sur ses genoux, passa les mains sur les épaules de Mack et l'attira contre elle pour l'étreindre étroitement.

— Maudits soient ces restes de culpabilité adolescente qui s'attardent suffisamment pour entraver notre plaisir.

Mack faisait tourner une série d'idées. Il pouvait prévoir une escapade. Réserver une chambre de luxe dans un grand hôtel et, à un certain moment, poser un genou à terre et sortir la bague.

Que ce soit avant ou après que leur première relation

sexuelle de la soirée les aurait laissés repus était encore discutable. Il penchait pour après... elle serait joyeuse et détendue après qu'il l'aurait travaillée au corps et aurait encouragé beaucoup d'autres de ces gémissements à s'échapper de ses lèvres.

Un doux petit rire le ramena à la réalité, et il regarda dans ses yeux étincelants.

— Tu penses au sexe, l'accusa-t-elle. Ce n'est pas juste de retirer l'action du programme puis de me lancer des regards provocants avec des pensées sexuelles.

— Que font mes regards provocants, exactement ? la taquina-t-il.

Elle baissa la voix.

— Ils m'enflamment. Partout.

Mack frissonna, la douleur en lui était solide comme le roc et palpitait sous le désir.

— Je dois aller déblayer l'allée. Ou peut-être tout le parking. Sans manteau.

Ce fut au tour de Brooke de rire. Elle lui prit gentiment la joue dans sa paume puis se leva et l'entraîna avec elle.

— Pas de sexe, pas de regards provocants. On ne prévoit plus de folie pour les fêtes. Viens et laisse-moi te battre aux cartes.

Quelques heures plus tard, ils s'étaient mis à regarder une émission ensemble, pelotonnés innocemment sur le canapé. La tête de Brooke était posée sur son torse et sa présence dans ses bras était si parfaite que Mack était sur le point de lâcher une demande en mariage avant de se contenir.

Qu'est-ce que ça aurait été nul de regarder *Affaire conclue* puis de faire sa demande !

Créer des souvenirs c'était un sacré travail.

Juste avant vingt-trois heures, elle le mit finalement à la porte.

— J'ai un rendez-vous, quelqu'un doit déposer son véhicule avant six heures trente.

Après un dernier baiser succulent, Mack descendait les escaliers quand la porte s'ouvrit et Gary entra. Ils se fixèrent d'un air gêné pendant un instant, les escaliers étant trop étroits pour passer l'un à côté de l'autre sans risque.

Puis le père de Brooke soupira lourdement et s'écarta pour laisser passer Mack.

Ce dernier était tout proche de lui demander ce qui n'allait pas, mais il ne pouvait pas se résoudre à être aussi impoli. Pas maintenant. Pas après avoir entendu encore et encore ce soir-là tout ce que cet homme avait sacrifié et donné pour Brooke. Combien il l'aimait.

À la place, Mack se força à faire apparaître un sourire dans sa voix.

— Vous avez passé une bonne soirée avec les gars ?

— J'ai gagné dix dollars.

— C'est mieux que l'inverse, répondit Mack en ajustant son manteau avant de hocher fermement la tête. À bientôt.

Il sortit et alla jusqu'à sa camionnette sans se retourner une seule fois, mais il pouvait le sentir. Le regard de Gary était cloué entre ses épaules.

Mack démarra et s'éloigna du garage en marche arrière, lançant un coup d'œil et découvrant le store sur la fenêtre qui se fermait et les lumières qui s'éteignaient comme si le père de Brooke venait de s'éloigner.

L'anticipation. L'hésitation. Quelque chose d'inconnu oscillait dans le vent. Quoi qu'il se passe, Mack s'impatientait pour que cela se dépêche de se produire.

4

La maison du ranch de Lone Pine était décorée de la porte d'entrée à l'extrémité du toit avec des lumières aux couleurs vives et des branches de conifères plongeantes.

À l'intérieur, l'odeur de la cannelle et du sucre était suffisamment forte pour mettre n'importe qui dans l'ambiance de Noël. Ajoutez à cela les rires joyeux de deux petites filles, et il était évident que l'esprit de Noël allait bien dans le foyer chaleureux que son amie Hanna avait créé avec Brad Ford.

La petite fille de Hanna, Crissy, fila devant elle, et Brooke s'arrêta net pour éviter de lui marcher dessus ou sur l'autre petite participante, qui se joignaient à elle pour l'aider à accomplir la première tâche de son Noël à l'ancienne. Talia Zhao n'était qu'un tout petit peu plus grande que Crissy, mais tout aussi désireuse de discuter, et le son des voix de petites filles emplit la chaleureuse cuisine rustique.

— OK, les filles. Il est temps de se mettre à cuisiner si nous voulons avoir terminé avant que le papa de Talia ne vienne la chercher, dit Hanna en passant un tablier par-dessus sa tête et en pointant du doigt la pile sur la table.

Enfilez-en un et je vais vous montrer où prendre vos ingrédients.

Ce qui prit le plus de temps avant de commencer ce ne fut pas simplement d'attacher les tabliers, mais Crissy et Talia qui devaient décider quel genre de biscuits elles allaient préparer. Brooke avait déjà la recette de sa grand-mère à portée de main, mais pour l'heure les filles étaient toutes excitées à l'idée de choisir entre les gâteaux secs au gingembre et les sablés.

Finalement, Hanna prit Brooke à part, laissant les filles s'occuper seules des ingrédients, à la grande horreur de Brooke.

— Elles vont mettre de la farine partout, l'avertit Brooke.

Les yeux de Hanna brillaient tandis qu'elle hochait la tête.

— J'imagine que oui, mais elles passeront un moment merveilleux pendant ce temps-là.

Brooke haussa les épaules.

— C'est chez toi. C'est ton sinistre.

— Fais-moi confiance, je prévois de rester près de la personne qui pourrait provoquer le plus de dégâts, dit Hanna en souriant, les yeux moqueurs. Aucune des filles n'a la réputation de faire brûler des choses.

— Je suis dévastée, déclara Brooke en posant une main sur sa poitrine avant de lui rendre un sourire. Admets-le. Je traîne dans la cuisine depuis beaucoup plus longtemps qu'elles. C'est pour ça que ma réputation est aussi impressionnante.

— C'est une bonne chose que tu sortes avec un pompier, je ne dis rien d'autre.

Une heure plus tard, il y avait des biscuits sur toutes les surfaces de la cuisine. Les filles avaient de la farine sur le visage et des miettes aux coins de leurs bouches, mais leurs yeux étaient écarquillés sous la joie alors qu'elles sortaient la dernière fournée.

Hanna et Brooke avaient terminé de concocter les biscuits de sa grand-mère. Cela n'avait pas été aussi facile que dans les souvenirs de Brooke, mais avec la supervision patiente de Hanna, il y avait une plaque de cuisson dans le four qui sentait divinement bon.

Hanna marqua une pause pour aider Crissy à verser des verres de lait pour elle et Talia. Quand elle revint, elle se pencha et baissa la voix.

— Comment se passent les choses entre toi et Mack ?

— Super, répondit Brooke avec enthousiasme. Il m'aide pour des projets de Noël.

— Oh, vraiment ? demanda Hanna.

— C'est loin d'être aussi étincelant que ce que vous avez installé, avança Brooke avec un clin d'œil. Nous avons ces biscuits à décrypter, de la musique et des décorations, mais autrement ce sera simplement Noël comme d'habitude avec papa. Mack sera là. Ce sera plutôt calme, en fait.

Hanna avait l'air de lutter pour s'empêcher de dire quelque chose.

— Quoi ?

Hanna secoua un peu la tête, et alla rapidement aider les filles à essuyer quelque chose qu'elles avaient renversé avant de revenir et de regarder Brooke droit dans les yeux.

— Est-ce qu'il te plaît ?

— Mack ?

Hanna hocha la tête.

Et c'était reparti. Les questions impossibles à répondre qui faisaient toutes allusion à la même chose. Quelle approche devait-elle avoir cette fois ?

— Oui, dit Brooke d'une voix traînante. Y a-t-il une raison pour laquelle il ne devrait pas me plaire ?

Hanna eut l'air horrifiée.

— Non, bien sûr que non. Il est merveilleux. Je veux dire, il *a l'air* merveilleux, et on dirait qu'il est merveilleux pour toi. Et Brad le tient en haute estime.

Elle radotait. Elle radotait vraiment. Brooke haussa un sourcil et regarda son amie avec insistance.

Hanna roula des yeux, imitant superbement sa fille.

— Je n'arrive pas à croire que tu ne saisis pas mes allusions subtiles, se plaignit-elle.

— Je n'arrive pas à croire que tu essaies d'être subtile alors que je viens de manger mon propre poids en sucreries.

Son amie se mit à rire.

— D'accord, fais comme si je n'avais rien demandé parce qu'il est clair que tu veux que je me mêle de mes oignons.

— Peut-être. Ou peut-être que je ne sais vraiment pas de quoi tu parles. Je n'ai aucune intention de rompre avec lui. C'est un homme bien, Hanna. Il me rend heureuse. Qu'il m'aide à organiser des trucs sympas pour que ce Noël soit génial pour mon père est très gentil.

— C'est formidable, et je suis ravie de tout ça, mais tu ne veux pas...

Ce fut là que Hanna dut aller sauver les filles avant que les spritz ne finissent répandus sur le plan de travail au lieu de se retrouver sur la plaque.

Brooke se dépêcha d'aller les aider aussi, et pendant un moment, enfourner des délices sucrés au beurre fournit suffisamment de distraction pour qu'elle n'ait pas à dire autre chose à son amie.

Parce qu'elle en voulait plus. Mack était entré dans sa vie et était devenu une partie tellement intégrante de celle-ci dès qu'ils pouvaient être ensemble que la simple pensée qu'il ne soit pas là lui semblait anormale.

Quand ils avaient commencé à sortir ensemble, elle s'était demandé s'il ne resterait que temporairement en ville, mais il n'y avait pas eu de discussion sur son départ récemment. En fait, elle n'arrivait pas à se rappeler la dernière fois où il avait parlé de devoir peut-être partir.

Il était simplement... à elle.

— Bonjour, la maison.

Un vacarme résonna près de la porte d'entrée. Des voix masculines furent suivies par les cris de Talia et de Crissy alors qu'elles filaient accueillir leurs pères.

— Regardez les jolies cuisinières que nous avons trouvées, annonça Brad en passant une main autour de Crissy et en s'avançant jusqu'à ce qu'il puisse inclure Hanna dans son étreinte. Ça sent merveilleusement bon.

— Nous avons fait beaucoup de biscuits, papa, informa Talia alors que Ryan entrait dans la pièce, Mack sur les talons.

— On dirait que nous allons avoir besoin de beaucoup de biscuits, les taquina Brooke. C'est bon de te voir, Ryan. Comment ça se passe au pub ?

— Pas mal. Je vends les boissons chaudes d'hiver plus vite que la bière ces temps-ci.

Il souleva Talia et la serra contre lui, frottant leurs nez l'un contre l'autre.

— As-tu été un bon petit chef pour Hanna ? lui demanda-t-il.

Elle lui assura que oui, puis fit un geste vers le four.

— Ils sont presque terminés. Nous pourrons bientôt avoir des biscuits chauds.

Mack traversa la pièce et rejoignit Brooke.

— As-tu aussi des biscuits chauds pour moi ?

Il agita les sourcils et transforma la question en quelque chose de complètement différent.

Brooke ne fut pas la seule à pousser un son amusé.

— Il faut que ça reste tout public, l'avertit doucement Brad.

— J'ai tout simplement hâte de mordiller les douceurs de Brooke dans un moment, dit Mack innocemment, glissant sa main sur la hanche de celle-ci et en l'attirant contre son corps. Hé, bébé. Comment se passe l'Opération À l'Ancienne ?

— La première tentative est dans le four, Capitaine, lui dit-elle en retirant sa main qui s'était faufilée sous sa chemise parce que sentir ses doigts contre son ventre nu chamboulait dangereusement ses entrailles.

S'ils voulaient garder l'espoir que les choses soient adaptées aux enfants, elle ne pouvait pas laisser Mack la taquiner jusqu'à la combustion.

Il émit un grognement de protestation, mais s'éloigna, et les battements de cœur de Brooke revinrent presque à la normale. Ils se déplacèrent tous dans la cuisine, préparant les maniques. Ryan aida Brad à rassembler d'autres verres de lait pour la dégustation imminente.

Mentalement, Brooke ajouta autre chose à sa liste des choses à penser. Elle travaillait pour rendre ce Noël spécial pour son père, mais cela semblait très important d'inclure Mack dedans aussi, au-delà de la partie où il l'aidait et qu'il soit présent le jour de la fête.

Que voudrait-*il* vraiment ? Oserait-elle organiser quelque chose comme une escapade sans le consulter d'abord ?

Ils n'avaient pas l'occasion de passer suffisamment de temps ensemble, surtout en privé. Et même si se retrouver nue avec cet homme était bien placé dans la liste de ses priorités, elle voulait aussi rester assise et discuter sans que l'un ou l'autre doive s'éloigner, sans être interrompu.

Seulement, les fêtes étaient tellement chargées que prévoir de secrètement filer en douce avec lui semblait impossible. Le mieux qu'elle pouvait espérer était d'obtenir que Brad prépare un sac pour son ami en catimini pour qu'elle puisse le planquer au cas où l'opportunité se présenterait.

En dehors de ça, elle devrait attendre la nouvelle année comme elle l'avait pensé auparavant.

Parfois la manière lente était le seul moyen.

Le minuteur sur le four sonna et la sortit de ses pensées, la ramenant à l'instant présent, à l'homme qui la regardait avec un sourire aux lèvres aussi addictif que les gâteaux sur la table.

Les dernières minutes avaient été un rappel fantastique pour Mack que son meilleur ami était très chanceux. Les observations de Mack n'étaient pas gâchées par le goût amer de la jalousie, mais il avait assurément une envie puissante et profonde de profiter du même bonheur.

Brad s'était trouvé une femme magnifique qui était gentille et attentionnée et qui, visiblement, l'aimait. Une fillette était aussi arrivée dans son monde et une nouvelle vie était en route. Il avait un père, un frère et toute une bande d'amis que Mack connaissait bien, car il était constamment entraîné dans leurs activités.

C'était le paradis sur Terre. Une image que Mack désirait... seulement avec Brooke et lui dans les rôles principaux. Pas simplement eux deux ensemble, mais la famille aussi, et cette prise de conscience suffit à lui couper le souffle.

— Vous êtes arrivés un peu plus tôt qu'on ne s'y attendait, fit remarquer Hanna en posant une plaque sur la grille de refroidissement avant de tendre les maniques à Brooke. Nous pensions que vous arriveriez juste à temps pour le dîner.

— L'odeur des biscuits a voyagé par magie jusqu'à nous et nous a fait accélérer notre réunion, la taquina Ryan. En fait, Talia et moi devons aller voir ses grands-parents ce soir, et avec la neige qui arrive, j'ai pensé que nous devrions partir un peu plus tôt.

Deux petites filles poussèrent de lourds soupirs de déception, mais il pointa du doigt l'assiette de biscuits et haussa un sourcil.

— On dirait que vous avez déjà bien démarré les fêtes.

Talia hocha lentement la tête. Son regard allait de Crissy à Hanna encore et encore.

— Je suis content que tu aies passé un bon moment avec ton amie.

Ryan passa les doigts sous le menton de sa fille et lui parla doucement :

— Nainai et Yeye ont aussi hâte de te voir. Mais nous n'avons pas besoin de partir avant une demi-heure. Et Crissy et toi pourrez jouer un autre jour.

Pendant que Ryan s'occupait de sa fille, Hanna s'approcha de Mack, se pencha vers lui, puis lui parla suffisamment discrètement pour que Talia ne l'entende pas.

— Voulez-vous rester pour dîner ? demanda-t-elle. Il y a de quoi faire. Patrick est dehors dans l'écurie, mais il rentrera bientôt. Nous aimerions beaucoup que Brooke et toi vous joigniez à nous.

Il lança un coup d'œil à Brooke, qui hocha la tête. Cela arrangé, tout le monde s'installa autour de la grande table de cuisine pour la dégustation sous l'insistance des fillettes.

— Penses-tu vraiment que nous devrions faire ça ? demanda Brad, faussement sérieux. Manger des biscuits juste avant le dîner ?

À côté de Mack, Brooke laissa échapper un son étouffé qui ressemblait à une tentative de retenir son rire.

— Tu ne devrais pas penser que ce sont des biscuits à manger avant le dîner, mais plutôt des biscuits qui restent du *dessert* du déjeuner, puisque nous y travaillons par intermittence depuis deux heures.

Brad se mit à rire.

— Eh bien, je crois que c'est mieux.

Crissy et Talia demandèrent que les sablés soient goûtés d'abord. Même s'ils étaient un peu déformés, quand la gourmandise sucrée fondit sur sa langue, Mack ne put s'empêcher d'émettre un son appréciateur.

Les visages des fillettes s'illuminèrent de joie.

— Le père Noël va les adorer, leur dit-il sérieusement.

Crissy hocha la tête d'un air entendu.

— C'est vrai. Tous ses assistants les adorent aussi, surtout...

Elle lança un coup d'œil à Hanna puis pinça les lèvres. Elle se tut même si elle se tortilla devant la difficulté de garder pour elle ce qui voulait s'échapper.

Près de lui, Brooke se mit à rire doucement, à l'évidence au courant du secret. Elle frotta sa cuisse contre la sienne et quelque chose de plus doux que le sucre qu'il venait de consommer l'envahit, et il était à une seconde de l'attraper et de l'embrasser à en perdre la raison.

À la place, il tendit la main vers l'autre assiette sur la table. Une odeur épicée s'élevait des formes carrées décorées de magnifiques dessins sur la surface, et il eut l'eau à la bouche.

— Est-ce que c'est la recette de ta grand-mère ?

Brooke hocha la tête.

— Grâce à Hanna et aux filles, je ne les ai pas brûlés.

Tout le monde à table en prit un et le souleva solennellement en même temps à sa bouche pour la première bouchée.

La *difficile* première bouchée. Le carré tenait plus du caillou que du biscuit. Et son goût...

Mack réussit à s'empêcher de s'étouffer ou de le recracher.

Crissy et Talia ne furent pas aussi polies. Elles tendirent la main vers leurs verres de lait et les burent entièrement avant de regarder Hanna avec des yeux écarquillés sous l'inquiétude.

Hanna reposa son biscuit à peine grignoté sur son assiette et se tourna vers Brooke, inquiète.

— Ce n'est pas que je veuille mettre encore plus en doute

tes capacités à cuisiner, mais est-ce que tu as correctement copié la recette ?

Brooke émit un son vulgaire.

— Ça ne me surprend pas. Même si je ne les ai pas brûlés, leur goût est quand même affreux.

— Alors, ce n'est *pas* le goût qu'ils sont censés avoir ? C'est bon à savoir, dit Brad.

Brooke lui tira la langue, et Talia et Crissy se mirent toutes les deux à rire, la tension quittant la pièce.

— Je suggère que nous mangions tous un biscuit au gingembre pour nous remettre de... je ne sais pas ce que c'était, dit Brooke avec aisance. Après que vous aurez tous promis de ne pas me poursuivre en justice pour avoir essayé de vous empoisonner.

— Puis il sera temps de tout nettoyer, dit Hanna en faisant passer une autre assiette avant d'aller vers le plan de travail et de mettre des biscuits dans un sachet. Ceux-là sont pour toi et tes grands-parents, Talia.

On commença à dévorer les biscuits et à ramasser les miettes, et dans la confusion, Mack attrapa la main de Brooke et l'attira vers le côté de la maison.

L'air devint plus frais au fur et à mesure qu'ils s'éloignaient de la cuisine et du poêle à bois dans le salon, mais il avait des projets qui les réchaufferaient largement.

— Je ne sais pas ce qui s'est passé, râla Brooke. J'aurais juré que j'avais bien la recette... !

Il la fit tourner vers lui et se rapprocha. Un instant plus tard, Brooke avait le dos enfoui dans les épais manteaux qui pendaient dans le débarras extérieur alors qu'il l'immobilisait de son corps.

Ses seins doux contre son torse, ses hanches rondes placées étroitement contre les siennes. Mack lui attrapa le menton et regarda fixement et avidement sa bouche pendant un long et intense moment avant de refermer la distance entre eux.

Il voulait lui montrer qu'il pouvait y aller lentement – qu'elle méritait d'être vénérée – mais un désir douloureux faisait qu'il lui était impossible de lui résister.

La douceur du baiser de Brooke n'avait rien à voir avec les biscuits qu'ils avaient mangés et tout à voir avec l'addiction de Mack. Il en mourait d'envie. Il avait besoin de son goût dans sa bouche, de son odeur dans son corps, de ses ongles qui s'enfonçaient dans ses épaules. Leurs langues se taquinèrent puis reculèrent alors que leurs hanches se balançaient lentement.

Son membre était plus dur que ces fichus biscuits ne l'avaient été, et ça en disait long.

Mack changea légèrement de position, l'attira plus fermement contre sa cuisse, et elle hoqueta. Il captura le son dans sa bouche, leva la jambe et la frotta plus fort contre l'intimité de Brooke.

Un grondement bas échappa à Mack. Elle griffa son dos, le marquant de lignes de chaleur et lui faisant maudire les couches de tissu qui les séparaient. Il désirait sa peau, nue et sauvage sous lui, réceptive à son contact, à sa bouche et à ses dents.

Mais puisqu'il ne pouvait pas avoir tout ça pour l'instant, il accepterait de voir la passion s'embraser dans les yeux de Brooke et de la regarder se briser en mille morceaux, défaite par son contact et sa présence.

Il se pencha plus fort contre elle, lui attrapa les hanches et la remonta suffisamment pour qu'elle se retrouve sur la pointe des pieds. Elle ne maîtrisait rien, c'était lui qui avait tout le contrôle. Il la regarda intensément tandis que le désir faisait rougir la peau de Brooke.

Des voix portaient depuis le reste de la maison, mais ici,

dans la petite pièce, il n'y avait que sa respiration lourde et les hoquets bas de Brooke. Les sons se transformèrent en des râles tremblants avant qu'elle ne se morde la lèvre inférieure et n'essaie de faire taire son plaisir.

— Ça t'excite, n'est-ce pas ? Tu ne veux pas qu'on nous entende nous bécoter à la caserne, mais le risque que nous nous fassions surprendre accidentellement dans un endroit public titille tous tes points sensibles, n'est-ce pas ?

— Les tiens aussi, signala-t-elle dans un gémissement bas. Merci, esprits de Noël, et alléluia.

Il se mit à rire doucement parce qu'elle avait raison.

— Je te promets qu'aucun mineur ne sera traumatisé par nos très vilaines manières.

Mais il était vraiment partant pour terminer ce tête-à-tête avant d'être forcé d'arrêter. Mais ça ne voulait pas dire qu'il ne pouvait pas marquer un point. Mack se mit à ralentir le mouvement de sa cuisse, qui se frottait entre celles de Brooke.

Elle tapa du poing contre son dos pour protester.

— *Noooon.* N'arrête pas, chuchota-t-elle d'un ton désespéré.

— Tu as besoin de plus ? Tu veux plus ?

Il posa les lèvres à côté de son oreille et laissa les mots gronder contre sa peau :

— C'est *moi* que tu veux ?

— *Oui.*

Mack repositionna Brooke et remit sa jambe en mouvement, pressant le muscle de sa cuisse contre sa hampe comme s'il était un Boy Scout qui manipulait deux morceaux de petit bois sec lors d'une journée venteuse.

Brooke tourna la tête, ses lèvres voulant à tout prix trouver les siennes alors qu'elle frissonnait, tremblait, puis hoquetait. Son cœur battait suffisamment fort pour que l'écho des palpitations parvienne à se faire entendre contre les lèvres de

Mack qui effleurait son cou, la soutenant en luttant pour retrouver son souffle.

Il était encore en érection, toujours souffrant et désireux, mais très heureux.

La porte donnant dehors s'ouvrit dans un craquement.

Mack se retourna instantanément et Brooke s'éloigna d'un pas.

Le père de Brad passant la porte, elle raccrocha précipitamment les manteaux qu'ils avaient comprimés un peu plus fermement sur les crochets, comme si c'était tout ce qu'elle et Mack avaient trafiqué : un peu de rangement dans le débarras.

Le fait qu'elle garda le dos tourné vers le père de Brad pour cacher son visage rougi et le sourire follement satisfait qu'elle affichait amusa Mack et lui prouva à quel point elle était intelligente.

Il fallait une distraction, immédiatement.

— Patrick. Content de vous revoir. Je peux vous aider avec votre manteau ? proposa Mack.

Patrick Ford s'appuya un instant sur ses deux cannes et regarda Brooke ranger minutieusement avant de hocher la tête et de laisser Mack le lui prendre.

— Vous sentez qu'il fait un peu chaud, ici ?

Brooke toussa, puis se pencha pour redresser une paire de bottes.

Mack détourna son regard de son postérieur parfait et sourit à Mr Ford.

— C'est simplement le contraste quand on revient de dehors, j'imagine. Il fait froid à l'extérieur.

— Il fait froid, et la neige arrive. Les tempêtes par ici ont le don d'arriver sur nous sans crier gare, mais si les prévisions sont exactes, ça pourrait bien être le Noël le plus neigeux depuis dix ans, lui dit Patrick. On va devoir travailler dur pour rester chauds.

Rester chaud n'était pas leur problème, pensa Mack. Brooke et lui avaient plutôt à s'inquiéter d'une combustion spontanée.

Elle croisa son regard, les joues roses et les yeux brillants, alors que Patrick s'éloignait.

La chaleur ? Ils en avaient à revendre. Il devait progresser sur la partie où on lui accordait le privilège d'attiser les flammes de Brooke quand il le voulait.

C'était vraiment la seule chose qu'il voulait pour Noël.

5

—*E*ncore.

Un chœur de gémissements accueillit sa déclaration, mais Mack avait déjà appuyé sur le minuteur avant de lancer sa corde à sauter.

Devant lui, une demi-douzaine de pompiers volontaires faisaient les exercices avec autant d'enthousiasme qu'ils le pouvaient. L'air était empli de l'odeur de la sueur et de la fumée persistante et omniprésente, en plus du riche arôme de la sauce tomate tandis que la seconde équipe, qui prenait part à une remise à niveau des premiers secours à l'étage, travaillait sur le repas commun qu'ils partageraient tous plus tard.

Ici, près de l'équipement incendie, la musique résonnait autour d'eux, la basse lourde et le son de leurs pieds contre le sol en béton formant un rythme saccadé.

— Continuez, les encouragea Mack. Encore un petit peu.

— Tu... as... déjà... dit... ça.

Un trait d'esprit de petit malin venait d'être lancé avec des respirations saccadées par un membre du groupe tandis que tout le monde faisait un effort jusqu'à ce que le minuteur sonne.

Instantanément, l'équipe s'arrêta, les mains posées sur les genoux, ils respiraient fort, mais attendaient et observaient, s'abstenant de tomber au sol sous l'épuisement. Mack frappa dans ses mains d'un air approbateur et leur lança les mots qu'ils attendaient :

— C'est fini. Retour au calme et étirements avant d'aller à la douche.

Un soupir de soulagement collectif résonna.

Mack ne fut pas le seul à émettre un petit rire. À côté de lui, Alex fit sa propre annonce :

— Le dîner sera sur la table dans quarante-cinq minutes. Vous avez le temps avant de faire la queue.

Mack donna ses dernières instructions.

— Faites le tour de la caserne cinq fois, à la vitesse que vous voulez, mais les deux dernières devront être en marchant. Et n'oubliez pas d'étirer vos deltoïdes ainsi que vos muscles ischio-jambiers... ce que nous avons fait plus tôt dans la journée avec les bras vous tuera si vous ne le faites pas.

L'équipe épuisée se décolla du sol où elle s'était écroulée, traîna les pieds comme une meute pour marcher tranquillement sur le périmètre de la caserne.

Alex pencha la tête vers eux.

— Donne l'exemple, retour au calme pour toi aussi.

Mack hocha la tête, trottinant lentement, et Alex se joignit à lui.

— Comment s'est passée ta séance ?

Alex révéla ce qu'ils avaient réussi à voir en termes de réaction d'urgence sur le côté médical. Mack hocha la tête, ravi de la manière dont la soirée s'était passée dans l'ensemble.

Ils variaient la formation ces derniers temps... une super idée apportée par un de leurs techniciens d'urgence temporaire. Avoir un groupe de bénévoles fort était une question de camaraderie tout autant que de compétences, mais qu'ils divisent leurs entraînements physiques avec des rappels techniques signifiait que s'il y avait une urgence ce soir-là, alors toute l'équipe ne serait pas épuisée.

Ils avaient effectué assez de tours, Mack ralentit et se mit à marcher, hochant la tête avec approbation tandis que certains des volontaires à l'étage venaient les rejoindre pour une énorme session d'étirements improvisée.

— Je suis impressionné que les équipes s'entendent aussi bien.

— C'est génial, acquiesça Alex. Mais je me demande si nous avons besoin d'un autre coordinateur principal.

Mack lui lança un coup d'œil.

— Tu ne penses pas que nous sommes assez tous les quatre ?

— Je pense qu'avoir des renforts qui sont formés et expérimentés avec le système serait encore mieux. De plus, je pense aussi que Brad ne devrait plus être considéré comme un de nos coordinateurs à plein temps. Pas avec ses responsabilités en dehors de cette région, et les nouvelles qui vont arriver cette année.

Impressionnant. Mack hocha la tête tout en regardant Alex d'un air pensif.

— Tu as raison. Je n'avais pas pris en considération le bébé dans tout ça. Tu as des idées ? Quelqu'un dans les équipes qui est déjà prêt à avoir plus de responsabilités ?

— J'ai quelques idées, mais je devais d'abord t'en parler. Il vaudrait probablement mieux que ce soit toi qui dises à Brad qu'il va se retrouver dans un rôle de superviseur, dit Alex avec un grand sourire. Amuse-toi bien.

Mack laissa son amusement apparaître.

— Fais-moi confiance. Brad n'est pas du genre à s'accrocher

à un boulot juste pour déconner. Il sait combien de temps ça demande d'être ici et alerte. Avoir un nouveau-né dans la maison n'est pas très propice à la bonne forme de notre chef.

Ils se glissèrent dans le groupe rassemblé dans l'espace dégagé près du camion de pompiers brillant, se joignirent aux conversations et s'étirèrent, avant que tout le monde n'aille par petits groupes dans la douche commune pour éliminer la sueur.

Mack venait de finir de passer un peigne dans ses cheveux quand le son de la cloche du dîner résonna à travers l'édifice.

L'odeur du chocolat planait, même si la table du dessert était encore vide. Mais le repas était en place, et il rejoignit la queue pour charger son assiette de spaghetti et d'une riche sauce bolognaise qui lui mit l'eau à la bouche.

Puis il vola les couverts à salade à la volontaire devant lui, qui regardait distraitement son téléphone portable.

— Hé, râla Charity. Je n'en avais pas fini avec ça.

Il déposa une portion sur l'assiette de celle-ci avant de se servir deux fois plus.

— Qui va à la chasse perd sa place, lui rappela-t-il. Ce n'est pas parce que les téléphones ne sont pas interdits quand l'entraînement est terminé que ça veut dire que c'est le moment d'en utiliser un. Tu pourrais bien être distraite et rater quelque chose de bien.

Charity, une de leurs plus jeunes recrues, ne fit que rouler un peu des yeux en rangeant le téléphone dans sa poche arrière.

— Oui, monsieur.

Lutter pour empêcher son sourire d'apparaître était très dur parfois. Mack rejoignit une autre table de volontaires avec lesquels il n'avait pas parlé depuis un moment, écouta leurs histoires et répondit à des questions.

Son assiette était vide, et il était prêt à aller attaquer les plateaux de brownies qui attendaient maintenant sur la table à desserts quand, dans sa poche arrière, son téléphone vibra.

Seul un nombre limité de personnes parmi ses contacts avaient des alertes attachées à leurs messages, Brooke étant l'un d'eux.

Mack sortit son téléphone, le tenant sous le bord de la table pour consulter discrètement ses messages.

> Brooke : J'ai trouvé des boîtes !

Dix sur dix pour le pur enthousiasme. Maintenant, tout ce qu'il avait à faire, c'était de trouver ce dont elle pouvait bien parler.

> Mack : Est-ce que ce sont de bonnes boîtes ?

> Brooke : De très bonnes boîtes. Remplies de décorations de Noël.

> Mack : C'est génial. Quelque chose d'utile ?

> Brooke : Je n'en suis pas sûre. Ce n'est pas parce que je les ai trouvées que ça veut dire que j'ai pu les ouvrir. C'est une longue histoire, mais as-tu le temps de passer plus tard ?

> Mack : J'aurais terminé dans un moment, et je ne suis pas d'astreinte avant demain. J'aimerais beaucoup venir voir tes décorations.

> Brooke : je ne sais pas quel émoji je devrais envoyer pour ce commentaire

> Mack : Évitons la débâcle des fruits/légumes. Je ne me suis toujours pas remis de la fois où tu m'as envoyé l'émoji aubergine à côté d'un feu. Je te jure que j'ai eu besoin de thérapie.

> Brooke : LOL. Apporte ton aubergine et le reste de ton corps ici quand tu pourras.

Il prit conscience que la pièce était devenue complètement silencieuse pendant qu'il avait été distrait une fraction de seconde avant de fourrer son téléphone dans sa poche et de lever les yeux.

Son assiette avait disparu. Son verre avait disparu. Tous les visages à table étaient tournés vers lui avec des expressions amusées et des haussements de sourcils.

En face de lui, Charity enfonça sa fourchette dans une dernière bouchée de brownie, la leva vers sa bouche et émit un son de plaisir.

— Vous savez, il y a un lieu et un moment pour les téléphones portables. Vous êtes distrait et vous pourriez rater quelque chose de bien.

Alex pencha le plat à brownies vide vers lui.

— Désolé, frangin.

— Qui va à la chasse perd sa place, cita Charity gentiment pendant que des rires montaient dans la pièce.

Mack agita un doigt vers elle, mais hocha la tête avec bonhomie. Il s'était lui-même tendu un piège.

Il souriait encore quand il approcha de chez Brooke. Le froid mordant tourbillonnait autour de lui alors qu'il se mettait à courir brièvement entre sa camionnette et le garage. Il se glissa dans la chaleur, tapota fermement ses bras pour se débarrasser du froid sur son manteau avant de tendre la main vers elle.

— Je te signale que j'ai eu des problèmes à cause de toi, râla-t-il.

— Vraiment ?

— D'accord, ce n'était pas ta faute, mais je pense quand même que tu devrais te rattraper. J'ai raté les brownies.

Il lui accorda une petite moue.

— Alors tu n'aurais pas dû envoyer des textos à table, le taquina Brooke en reculant lorsqu'il se redressa brusquement sous le choc. Oh, j'ai mes sources à la caserne. Je sais *tout*...

Ignorant le fait que son manteau était encore glacé, Mack la poursuivit, l'attrapa dans ses bras et embrassa fermement ses lèvres rieuses. Brooke tapa sur ses épaules avec une fausse colère avant de plonger les doigts dans ses cheveux et d'approfondir leur baiser.

Quand ils s'arrêtèrent, le froid avait totalement disparu.

Elle prit sa joue dans sa main.

— Taquinerie mise à part, merci d'être venu. J'ai trouvé le jackpot des décorations de Noël.

— C'est très clair. Non.

Brooke le mena de l'autre côté de l'atelier, les fit zigzaguer entre les camionnettes garées et les équipements de levage. Elle l'attira près d'elle lorsqu'ils passèrent devant des pneus et des soupapes, s'arrêta dans le coin le plus éloigné où une vieille échelle était appuyée contre le mur, atteignant à peine une plateforme qui se tenait à cinq ou six bons mètres au-dessus de leurs têtes.

Mack leva les yeux, l'horreur et l'admiration l'envahissant.

— Est-ce que tu es en train de me dire que tu as déjà grimpé là-dessus ?

L'échelle était assez robuste – lui sembla-t-il – mais c'était une chose sur laquelle il ne serait pas monté sans renforts, ni peut-être sans un câble de sécurité.

— Je ne suis pas stupide, dit Brooke d'un ton pince-sans-rire.

Elle plissa le nez d'un air adorable.

— D'accord, concéda-t-elle, j'étais limite stupide jusqu'à ce que je me rende compte que tu me tuerais probablement si je ne me tuais pas d'abord. Je ne suis *pas* montée plus haut sur l'échelle que sur les premiers barreaux. Juste assez pour pouvoir lever mon téléphone et prendre une photo de l'espace de stockage. Je ne pense pas être déjà montée là-haut.

— Parce qu'il n'y a aucun accès qui ne requiert pas d'avoir des ailes ou les capacités d'une araignée ?

— Parce que je ne m'y intéressais pas assez pour me poser la question, admit-elle. Je suis suffisamment une maniaque de la propreté pour que, si je trouve un nouveau coin à organiser, je doive m'en occuper. Si je ne sais pas qu'il est là, c'est moins de travail.

Mack s'éloigna d'elle pour aller en direction de sa camionnette.

— Tu es la maniaque de la propreté la plus bizarre que je connaisse, mais dans ce cas, j'en suis reconnaissant. Reste là. Les deux pieds sur le sol.

— Oui, cap.

Quand il revint avec une corde, Brooke avait retiré l'équipement de l'atelier de la zone, lui donnant un chemin dégagé pour aménager un passage sûr.

Mack lança une extrémité de sa corde d'assurage sur une poutre en métal, passa un nœud en huit dans son baudrier et attacha l'extrémité autour de Brooke.

— Tu te rappelles comment faire ?

Elle hocha la tête, ajusta sa position, tenant la corde contre son dos et sous son bras pour que, si Mack tombe ou que l'échelle ne tienne pas, tout ce qu'elle aurait à faire, ce serait d'utiliser le poids de son corps pour faire contrepoids.

— Même si je me souviens que la dernière fois que nous avons fait ça, je n'étais pas assez lourde pour que tu restes en l'air.

— Tout ce que tu as à faire, c'est de m'empêcher de heurter le sol, lui rappela-t-il avant de déposer un rapide baiser sur ses lèvres. Merci de prendre soin de moi.

— Merci d'aller à la chasse aux décorations, répondit-elle en même temps qu'il montait l'échelle.

Il n'y eut heureusement pas d'incident. L'espace en haut du palier était suffisamment large pour qu'il y pose les hanches, et la plateforme en métal était sécurisée.

— Je vois tes boîtes, annonça-t-il. Ainsi que ce qui ressemble à de l'équipement de tir à l'arc, et assez de toiles d'araignées pour rendre Arachné[1] fière.

— Beurk.

BROOKE TENAIT FERMEMENT la corde de sécurité, regardant fixement les poutres. Et même si elle n'avait pas terriblement peur des araignées, elle était doublement reconnaissante d'avoir attendu l'aide de Mack.

— Je ne sais rien sur l'équipement de tir à l'arc, lui dit-elle. Tu veux installer un système pour descendre les boîtes ?

— Je gère la situation.

Il sortit une deuxième corde de sous sa veste et la souleva pour la lui montrer.

— Donne-moi une minute pour assurer ma sécurité, continua-t-il, puis nous ferons une chaîne.

Il leur fallut vingt bonnes minutes pour tout mettre en place, mais finalement, tout un ensemble de boîtes et de silhouettes en bois était appuyé contre le mur de l'atelier. Les souvenirs lui revenaient beaucoup plus clairement.

— Les sucres d'orge avaient des lumières blanches et rouges qui clignotaient – je m'en souviens – et les rennes donnaient l'impression de bondir. Un jeu de lumière s'allumait l'un après l'autre. C'est *fantastique.*

Elle leva les yeux vers lui, qui enroulait la corde qu'il avait utilisée pour tout descendre jusqu'au sol.

— J'ai hâte de tout examiner, termina-t-elle.

— On va d'abord me descendre, puis nous pourrons ranger les affaires avant que ton père ne rentre.

Elle regarda sa montre.

— Il ne devrait pas rentrer avant des heures. Le match de hockey est en cours, et nous n'avons pas la chaîne.

Mack la guida de nouveau en ce qui concerne l'utilisation de la corde d'assurage, vérifiant qu'elle était correctement positionnée avant de se retourner devant la plateforme et de remettre les pieds sur l'échelle qui était délicate, il fallait bien l'admettre.

Bien sûr, il n'avait descendu que quelques barreaux quand la petite porte s'ouvrit, et que la température cinglante hivernale entra en tourbillonnant avec le père de Brooke.

Elle ne lui lança qu'un bref regard avant de ramener toute son attention sur Mack. Elle allait devoir bluffer et prétendre qu'ils ne manigançaient rien, même si les décorations étaient à la vue de tous.

— Hé, papa. J'arrive dans une minute.

Des jurons bas résonnèrent, suivis par le bruit des pas de son père qui claquèrent sur le sol bétonné. Sa respiration était haletante, mais il resta sans rien dire. Il se tenait simplement près d'elle silencieusement pendant que Mack redescendait de l'échelle.

Mais à l'instant où les pieds du petit ami de Brooke touchèrent le sol, son père explosa.

— Est-ce que vous avez perdu la boule ? Qu'est-ce que vous croyez faire, bon sang ?

Mack fronça les sourcils devant l'emportement du père de Brooke et se rapprocha comme pour la protéger.

Brooke se dit qu'elle devait cligner des yeux comme un cerf pris dans les phares d'une voiture.

— Nous cherchions des décorations. Qu'est-ce qui ne va pas ?

Gary agita les mains en l'air, la bouche ouverte, une expression indéchiffrable dans les yeux.

— Tu... je ne peux pas...

Il termina dans un rugissement incompréhensible, comme s'il était frustré et furieux en même temps.

— C'est bon, dit Mack tranquillement avec un ton de voix modéré et rassurant. J'étais attaché, et nous allons dégager cette pagaille hors de votre chemin...

— Vous allez la dégager d'ici. Je ne veux pas la voir. *Rien* de tout ça.

Les mains de Gary se projetèrent comme s'il poussait le tout depuis le haut d'une falaise.

— Je n'arrive pas à croire que tu sois *stupide* à ce point. Juste... sors ça de là.

Il fit volte-face, s'éloigna d'un pas lourd, on avait l'impression que de la vapeur s'élevait de lui.

Brooke le regarda, totalement confuse. D'accord. C'était tout à fait inattendu.

Elle se retourna et découvrit que Mack affichait une expression qui correspondait à la sensation dans ses tripes.

Il croisa son regard.

— Donc ça s'est bien passé.

— Je ne sais pas du tout ce qui vient d'arriver, admit-elle. Je suppose que les décorations n'étaient pas une bonne idée. Est-il possible que je me sois trompée sur toute la ligne ?

Mack regarda fixement la porte derrière laquelle le père de Brooke avait disparu. Il secoua la tête d'un air pensif.

— La seule chose qui est claire, c'est qu'il nous manque des informations. Ne tirons pas de conclusions hâtives. Vois si dans quelques jours il revient dessus.

— Ouais. Espérons qu'il commence par : « hé, laisse-moi t'expliquer pourquoi j'ai perdu les pédales ».

Mack se mit à rire doucement et se glissa à côté de Brooke pour l'aider à défaire les cordes qui les reliaient encore.

— On ne sait jamais. En attendant, si nous voulons pouvoir les utiliser, je dois remplacer l'éclairage lumineux des plus grandes décorations par des LED moins coûteuses comme Rose l'a suggéré. Mettons tout dans ma camionnette pour l'instant et j'y jetterai un coup d'œil. Si je ne suis pas sûr, je prendrai une photo et je te l'enverrai.

Brooke hocha lentement la tête, mais tandis qu'ils s'activaient ensemble pour dégager la douzaine de boîtes et autres objets de l'atelier, ce n'était pas avec la sensation de satisfaction qu'elle avait espéré avoir à ce stade.

Ses grands projets pour ce Noël à l'ancienne commençaient très mal, et elle ne savait pas du tout pourquoi.

6

———

De la musique jouait doucement à l'arrière, mais ce qui était le plus important, c'était l'odeur du pop-corn beurré et de quelque chose de savoureux qui chatouilla les narines de Brooke à l'instant où elle entra dans l'appartement de Tansy et Rose pour leur soirée mensuelle entre filles.

— Oh, mon Dieu, quelle est cette odeur ?

Brooke retira son manteau et l'accrocha sur le mur avec les autres déjà présents avant de se presser de rejoindre la fête.

Des visages souriants l'accueillirent dans le coin cuisine.

— Oh, ça ? Juste une fondue avec du cheddar bien affiné et un supplément de vin blanc, avança Rose.

— Et du pain français fraîchement cuit. Viens là avant qu'on commence sans toi, exigea Tansy.

Il y avait aussi deux autres personnes à table. Hanna recula la chaise près d'elle et tapota le siège.

— Je t'ai gardé une place.

— Arrête d'être une lèche-bottes, la taquina Tansy. Toute une partie de la bande est absente, donc il y a largement la place.

— Mais nous avons une nouvelle personne spéciale pour les remplacer. Bonsoir, Yvette. Contente de te revoir, dit Brooke en s'asseyant sur la chaise près de Hanna. Est-ce qu'elles te traitent bien ?

Le sourire timide d'Yvette s'adressa aux trois autres femmes.

— Elles m'ont laissé me servir en premier dans le plat à biscuits. Un sablé fourré aux amandes. J'ai été très bien accueillie.

Un verre de vin plein fut placé dans la main de Brooke. Rose lui lança un clin d'œil et lui donna une assiette vide.

— Elle ne sait pas que nous l'amadouons pour lui faire subir un interrogatoire plus tard.

Yvette se redressa légèrement avec une expression légèrement inquiète alors qu'elle lançait un coup d'œil à Brooke.

— Je suppose qu'un petit interrogatoire amical n'est pas si mal. C'*était* un bon biscuit.

Tansy plaça le plat à fromage au-dessus de la flamme puis fit passer le panier de morceaux de pain.

— Aux plats de fêtes, qui ne comptent absolument pas et n'ont aucune calorie parce qu'ils sont basés sur les fêtes. Ou quelque chose comme ça.

— Bien dit, répondit Hanna en levant son verre d'eau en l'air. J'aime avoir une raison d'excuser les calories supplémentaires.

Brooke retira un bout de pain de la miche encore chaude et émit un son satisfait alors qu'elle le levait vers son nez et inspirait profondément.

— Bon sang, c'est incroyable. Tansy, veux-tu m'épouser ?

— Ne pose pas de questions auxquelles tu ne veux pas de réponse, l'avertit Rose. Avec sa malchance avec les véhicules, être mariée à une mécano lui conviendrait.

Tansy agita une main en l'air.

— Oui, c'est vrai. Mais je ne vole pas, et la délectable Mlle Silver semble complètement prise par un certain beau gosse bien foutu.

Elle se pencha en avant, les yeux vifs examinant Brooke.

— En parlant de mec bien foutu, Yvette nous disait que vous avez été vus tous les deux partout en ville.

— Pas partout, protesta Yvette avant de froncer les sourcils. Enfin, j'ai mentionné vous avoir vu ensemble à la résidence, et au garage quand j'ai déposé ma voiture pour l'entretien. Et à la caserne quand je suis passée prendre les infos dont la clinique vétérinaire avait besoin.

— Plus le Buns and Roses, le bar et le magasin de sport, ajouta Rose.

— Quand nous as-tu vus au magasin de sport ? demanda Brooke, confuse. Nous n'y sommes pas allés depuis cet été.

Les autres femmes se mirent toutes à rire. Brooke sourit d'un air penaud.

— Je passe à un autre sujet plutôt que de spéculer sans fin au sujet de Brooke et de son beau gosse. *Yvette...* commença Tansy en tournant la tête vers la nouvelle venue qui plongeait un morceau de pain dans le fromage pour prendre une généreuse portion. Nouvelle en ville. Nouveau boulot, nouvelle perspective sur la vie.

Yvette attendit d'avoir terminé de mâcher sa bouchée puis haussa un sourcil.

— Y avait-il une question là-dedans, quelque part ?

Brooke émit un son moqueur.

— Excusez-moi. Mais c'était la réponse parfaite. Bienvenue dans la gestion de Tansy.

De l'autre côté de la table, son amie leva lentement la main droite avant de déplier son majeur. Des rires montèrent.

Tansy secoua la tête.

— Je suis vraiment incomprise. Non, Yvette, voici la question. Qu'est-ce que *toi* tu penses de Brooke et de son beau gosse ?

Hanna et Rose ricanèrent de nouveau. Yvette sourit d'un air amusé tandis que Brooke se demandait si elle voulait gâcher un morceau de son pain et le jeter à la tête de Tansy.

— Ne réponds pas à ça, Yvette. Dis-nous comment les choses se passent avec tes grands-parents. Et si le travail te plaît à la clinique vétérinaire ?

— La clinique est super. C'est génial de travailler pour Josiah, et il me donne beaucoup de liberté. Je vais dans les ranchs du coin avec lui pour apprendre à connaître tout le monde, ce qui est plutôt amusant.

La conversation continua, une simple discussion générale, jusqu'à ce qu'Yvette ramène le sujet sur ses pensées concernant Heart Falls.

— C'est plus petit que je ne m'y attendais, admit Yvette. Je ne sais pas si c'est un endroit où je veux rester sur le long terme, mais c'est un peu bête étant donné que j'ai toujours pensé que je finirais par travailler de manière indépendante dans un ranch, ce qui ressemble assez à l'image de l'ultime petite ville. Tout le monde sait *tout* sur tout le monde.

— Les gens de Heart Falls peuvent parfois être beaucoup plus rentre-dedans qu'il n'est agréable, dit Hanna doucement, mais d'un autre côté, cette proximité signifie aussi qu'il y a toujours des gens prêts à t'aider quand tu en as besoin. C'est vraiment spécial.

Brooke hocha la tête.

— J'ai vécu à Heart Falls toute ma vie. J'ai visité d'autres endroits, et j'ai vécu à Calgary quand je suis allée me former, mais c'est ici que je veux vivre sur le long terme.

— Tu vas vieillir ici ? demanda Tansy.

— Probablement.

Brooke laissa le reste inexprimé pour l'instant. Les parties qui arriveraient avec un peu de chance *avant* la vieillesse. Celles concernant le foyer et la famille.

Ou elle avait l'intention d'ignorer cette partie de la conversation, mais ses amies étaient comme des limiers en mission. L'attaque arriva de là où elle s'y attendait le moins.

— On dirait que tu es prête à te poser, avança Yvette innocemment. Peut-être que toi et ton beau gosse devriez faire quelque chose à ce sujet.

Un chœur de ricanements s'éleva de Hanna, Tansy et Rose.

— Je vous avais dit qu'elle s'intégrerait très bien, dit Brooke d'un ton pince-sans-rire avant de tourner son attention sur Yvette. Pour l'instant, ce qui m'inquiète le plus c'est d'essayer de trouver comment faire en sorte que ce Noël se passe comme il est censé le faire. Pour l'instant, tout s'écroule au lieu de se mettre en place.

— Est-ce que tu as fait vérifier cette recette ? demanda Hanna. Pour voir si elle a été mal copiée ?

Brooke sortit la fiche recette de sa poche, où elle avait pris l'habitude de la manipuler quand elle avait du temps libre. Les instructions sont bonnes, mais ça ne fonctionne pas. À l'évidence... on t'a infligé le résultat. J'ai même essayé encore une fois à la maison, et ils étaient tout aussi mauvais.

Elle secoua la tête. Les biscuits étaient une chose, mais en ajoutant l'étrange réaction excessive de son père devant les décorations l'autre soir...

La seule chose de bien était que Mack n'avait pas semblé contrarié. Il avait continué, solide et compréhensif. Il avait avancé, continué d'essayer malgré la stupide confusion ou ce qui avait provoqué ça chez son père.

Donc... *Mack.*

Elle n'avait pas trouvé ce qu'elle allait lui donner pour

Noël, et après ce qu'elle avait dit sur le fait que ce soit fait maison, elle devait se reprendre, et bientôt.

Son attention fut détournée de ses pensées vagabondes quand on tira sur sa manche. Rose et Tansy discutaient près de l'évier tandis qu'elles remplissaient les verres, mais Yvette et Hanna la regardaient toutes deux attentivement.

— C'était juste une taquinerie, mais je suis désolée si mon commentaire a dépassé les bornes, dit Yvette doucement.

Brooke repoussa ses excuses de la main.

— C'est bon. C'est moi qui suis un peu à l'ouest, ce qui n'est pas ta faute.

— Je te présente aussi mes excuses, intervint Hanna. Tu sais que je veux ce qu'il y a de mieux pour toi, mais ce n'est pas pressé. S'il y a quoi que ce soit que nous puissions faire pour t'aider à trouver le bonheur, nous le ferons, mais le timing dépend de toi.

Et pourtant, cela faisait partie du problème. Si Brooke faisait comme elle voulait, Mack et elle seraient déjà en couple à plein temps. Mais ils ne pouvaient pas avant — le timing n'avait pas été bon. Et maintenant, avec seulement deux semaines avant Noël, ça semblait bête de vouloir soudain précipiter le calendrier.

— Je me rappelle encore à quel point mon papy était ravi quand mamie le surprenait avec le bon cadeau. Rien de gros ou d'exagéré, mais parfait pour lui. C'était la preuve du lien spécial qu'il y avait entre eux, qu'elle sache exactement ce qui le rendrait le plus heureux.

Brooke ne savait pas pourquoi elle révélait ça, mais l'expression sincère sur leurs deux visages libéra l'aveu à voix basse.

— Je veux voir cette expression sur le visage de Mack. Je veux prouver que ce qu'il y a entre nous est *plus* que tranquille.

Le bonheur apparut dans les yeux de Hanna.

— Ne te précipite pas. Tu gères ça, Brooke. Je le sais. Et quand ce sera le bon moment, il t'agrippera et ne te laissera jamais partir.

L'expression d'Yvette était sérieuse, mais heureuse.

— Vous êtes bien ensemble. C'est évident. Même du point de vue d'une nouvelle venue.

Pourtant, Brooke voulait plus qu'être simplement « bien ensemble ». Elle voulait le genre de lien qui lui avait été montré toute sa vie entre ses grands-parents.

Tansy et Rose revinrent à table et la conversation s'interrompit, gardant ce discret secret entre elles trois. Une silencieuse promesse que, si Brooke avait besoin d'aide, elle en recevrait, comme meilleur cadeau possible d'une petite ville.

L'AGACEMENT BOURDONNAIT comme des pétards hors de contrôle. Mack passa une main dans ses cheveux et avança d'un pas lourd entre son lit et la cuisine à la caserne.

Deux volontaires restants étaient assis à table, travaillant sur quelque chose. Ryan se trouvait à quelques chaises d'eux, feuilletant un catalogue d'uniformes et que la bouilloire se mettait lentement à siffler de plus en plus fort sur le plan de travail. Mack la débrancha, attrapa une tasse et la posa sur le plan de travail un peu trop fort pour de la porcelaine. Elle se brisa en plusieurs morceaux et des fragments s'envolèrent.

Mack jura.

— Ne bouge pas, ordonna Ryan.

Une minute plus tard, le balai à la main, il avait débarrassé les débris avant que Mack n'ait terminé de grogner sous la frustration.

Une seconde tasse apparut près de lui, la bouilloire aussi,

puis Ryan se retourna pour s'appuyer contre le plan de travail, les bras croisés sur le torse.

— Tu veux recommencer avec un peu moins d'enthousiasme ? demanda Ryan d'un ton pince-sans-rire.

— Merci.

Mack remua une tasse de chocolat chaud, lança un sourire fatigué à son ami et tendit un des cookies aux pépites de chocolat de taille monstrueuse qui étaient apparus à la caserne. Un cadeau d'un membre de la communauté.

— Je suis un peu grincheux ce soir, continua-t-il.

Ryan se retourna et se prépara une tasse de thé.

— Puisque tu as fini le travail, mais que tu traînes encore ici, Brooke doit être occupée ailleurs pour la soirée.

— La soirée entre filles.

— Je parie que tes oreilles sifflent, répondit Ryan en souriant. Je présume que c'est ce qu'elles font pendant ces soirées. Parler de leurs mecs.

Mack n'allait pas présumer.

— Les probabilités qu'elles cassent du sucre sur tout le monde en ville sont élevées, y compris sur toi.

— Moi ? Qu'est-ce que j'ai fait ?

Ryan posa une main sur son torse comme s'il était totalement innocent.

— Tu es un homme. Tu es célibataire. Il doit y avoir quelque chose que tu as fait de travers récemment, répondit Mack avec un clin d'œil. Non, je pense que nous ne sommes pas en haut de leurs listes des priorités de discussion à cette période de l'année. Elles sont probablement plus liées à leurs projets de fêtes. En parlant de ça, quel est le meilleur cadeau fait maison que tu aies jamais reçu ?

Ryan cligna des yeux devant ce changement de sujet.

— Talia.

— Sérieusement ? Son anniversaire est le jour de Noël ?

Son ami hocha la tête.

— En dehors de ça, il y avait une photo que Justina m'a donnée la première année où nous étions mariés. Je la préfère à nos photos de mariage. C'est juste un moment ordinaire, mais nous avions l'air tellement heureux ensemble...

Il s'interrompit, et Mack n'insista pas. Il savait que l'épouse de Ryan était décédée un certain nombre d'années auparavant, mais cela devait toujours faire mal.

— Est-ce que tu essaies de trouver quelque chose de bien pour Brooke ? demanda Ryan.

— Quelque chose de fait maison, reconnut-il. Une photo pourrait fonctionner.

Son ami s'assit près de lui à la longue table, suffisamment loin des volontaires pour avoir de l'intimité. Ryan parla suffisamment bas pour que sa voix ne porte pas.

— Est-ce que les choses sont sérieuses entre vous ?

— Mon Dieu, je l'espère.

Ryan poussa un son moqueur.

— Ça donne juste l'impression que...

Il s'arrêta net.

Mack attendit qu'il continue, mais Ryan semblait regarder le fond de sa tasse avec détermination.

Mack lui toucha l'épaule.

— Quoi ?

— Vous n'êtes pas trop pressés.

La frustration monta de nouveau, mais cette fois, Mack ne réussit pas à la retenir.

— Je ne peux rien lui demander de faire avant de pouvoir me permettre un logement pour nous deux, et jusqu'à ce mois-ci, chaque cent supplémentaire que je gagnais servait à aider mes parents pour qu'ils ne perdent pas leur maison.

Ryan le regarda posément pendant un instant. Puis il hocha la tête, un sourire désabusé incurvant ses lèvres.

— Être là pour nos parents... c'est un grand privilège. Un fardeau parfois, mais...

— Non, je veux le faire. Ils méritent toute l'aide que je peux leur apporter, et ça n'aurait pas été une affaire si ça n'avait pas voulu dire que je devais tenir ma langue alors que j'aurais voulu parler à Brooke plus tôt.

— Je ne vais pas te harceler, lui dit Ryan. Je ne sais pas ce que j'aurais fait sans l'aide de mes parents quand Justina est décédée. Tout ce que je pourrai faire pour eux à l'avenir... ils n'auront même pas à le demander.

Révéler enfin la vérité permit à Mack de se détendre un peu.

— Ne le dis à personne, s'il te plaît.

— Bien sûr que non, répondit Ryan en le regardant. Est-ce que Brooke est au courant ?

— Elle sait que je leur envoie de l'argent, mais je ne lui ai jamais expliqué franchement pourquoi. Je ne voulais pas que la première chose qu'elle apprenne sur eux soit le fait qu'ils ont des problèmes financiers.

— Les choses sont serrées pour tout le monde en ce moment, signala Ryan. Je pense qu'elle comprendrait.

C'était vrai... mais il voulait quand même pouvoir passer à la suite avant de lui parler.

Ryan se frotta les mains.

— Donc, passons au sujet le plus important. Que vas-tu faire pour Brooke qui va lui indiquer véritablement ce que tu ressens pour elle ?

— Je pense que ton idée d'une photo est bonne. J'en ai une qui serait parfaite.

Il ouvrit l'appli photo de son téléphone et marqua une pause à la première qu'il toucha.

Il avait pris des clichés de l'album photo que Brooke avait trouvé pour pouvoir utiliser les clichés quand il placerait les décorations. Toutes les silhouettes étaient désormais compatibles aux LED et de faible puissance, mises à l'arrière de sa camionnette en attente de l'opportunité de les placer là où ce serait le plus approprié.

Mais dans la pagaille des pages sans aucune organisation, il y avait beaucoup de photos d'un Gary Silver plus jeune qui célébrait les fêtes avec les grands-parents de Brooke. Ils étaient assis sur de vieux canapés couverts de coussins décoratifs avec des biscuits de Noël dans une assiette sur la table basse.

Les jambes croisées, un des pieds de Gary était bien visible, dans une pantoufle.

Mack regarda de plus près, passant à une autre photo, et effectivement, elles étaient là, les paires de pantoufles tristement célèbres qui avaient déclenché toute cette histoire, et il se s'aperçut que non seulement il avait besoin d'un cadeau pour Brooke, mais qu'il en avait aussi pour Gary.

Il était debout, fixant encore les photos, et se dirigeait vers son manteau et ses chaussures quand un petit rire le sortit de ses pensées.

— C'est agréable de revoir un sourire sur ton visage, dit Ryan avec un sourire narquois.

Ce n'était pas qu'un sourire, c'était le fait de savoir qu'on lui avait accordé un miracle de Noël et maintenant il savait *exactement* ce qu'il fallait faire pour qu'il se produise. Mack était sorti de la caserne et roulait dans le froid hivernal avant de se rendre compte qu'il dépassait probablement les bornes en allant les voir à cette heure de la nuit.

Mais il y avait encore des lumières dans la Résidence pour Seniors de Heart Falls, et en entrant, l'odeur chaleureuse du dîner flottait encore dans l'air, combiné au son des chants de Noël, et sa poitrine serrée se détendit un peu.

Un éclair de joie le traversa en découvrant Geraldine

encore assise dans la salle commune, où la télé était réglée sur l'image d'un feu dansant dans une cheminée.

Elle le regarda et cilla.

— Eh bien, en voilà une surprise !

Il prit place sur le fauteuil près d'elle.

— J'ai besoin de votre aide.

7

———

Une semaine avant Noël, et le désespoir s'installait. Quelque chose finirait forcément par marcher, même si Brooke devait aller capturer deux elfes de Noël et les secouer jusqu'à ce que des surprises magiques de Noël tombent de leurs poches.

— Tu sais, aucun de ces ingrédients ne va bondir pour t'attaquer, dit Mack en se glissant derrière Brooke, formant de son corps puissant un mur derrière elle en enroulant ses bras autour d'elle et en la serrant contre lui.

— On ne sait jamais. J'ai entendu dire que les pépites de chocolat peuvent être terriblement menaçantes, répondit-elle en se tournant vers lui tout en laissant son agacement disparaître. Désolée d'être ronchon. Je suis vraiment reconnaissante que tu me laisses utiliser la cuisine de la caserne pour continuer de travailler sur les biscuits du désastre.

— Et les muffins du désastre et le gâteau du désastre.

Il lui attrapa le menton entre ses doigts forts et l'embrassa lentement et fermement jusqu'à ce qu'elle ne pense plus vraiment à toutes les fournées qu'elle avait ratées.

Elle ne pensait vraiment à rien en dehors des lèvres de Mack, de ses mains et de son contact.

Quand il la laissa respirer, elle s'agrippa à ses épaules pour s'empêcher de vaciller.

— Rappelle-moi encore ce que nous faisons ce soir.

Le petit rire machiavélique de Mack résonna à travers la pièce.

— Nous cuisinons.

— C'est ce que je pensais.

Elle se lova lentement contre lui et se mordilla la lèvre inférieure en regardant sa bouche fixement.

— Se chauffer semble être une *excellente* idée, ajouta-t-elle.

Malheureusement, il recula et lui tapota le bout du nez.

— Je suis de garde jusqu'à ce que Ryan me relève, et il y a deux volontaires qui travaillent actuellement sur leurs devoirs dans la pièce du fond.

Brooke poussa le long soupir d'une personne traitée injustement.

— Bien, alors je suppose que je vais devoir torturer des ustensiles de cuisine au lieu de faire monter la chaleur comme j'en ai vraiment envie.

— Oh, au diable les bonnes intentions.

Mack l'attrapa avant qu'elle ne puisse se détourner, glissa une main au creux de ses reins et appuya leurs corps l'un contre l'autre.

La puissance dans ses muscles était une addiction nerveuse. Elle voulait passer les mains sur tout son corps, le taquiner tandis qu'elle le touchait, presser ses paumes sur les reliefs de son abdomen et remonter sur son large torse.

Ou les baisser plus bas, où un relief se formait tandis qu'il l'embrassait de nouveau, de manière exigeante et défiante, déclarant clairement sans paroles combien il la désirait.

Elle l'attrapa par le col et recula assez pour chuchoter :

— Je sais. Moi aussi.

Mack inspira profondément.

— Brooke...

La porte s'ouvrit derrière eux et ils s'écartèrent brusquement. Brooke se tourna vers les recettes alignées sur la table, et essaya distraitement d'écarter les pensées où Mack et elle étaient en tension sexuelle.

Mack termina de répondre à la question que le volontaire avait posée puis ils se retrouvèrent de nouveau seuls.

Il sourit d'un air penaud.

— Donc. Tu veux préparer le gâteau ou les muffins d'abord ?

Ils se mirent tous deux au travail, déposant des mesures précises dans les saladiers.

— Qu'est-ce que nous essayons différemment cette fois ? demanda Mack.

— De la farine à pâtisserie au lieu de la normale. Et j'ai vérifié deux fois au supermarché les différentes variétés de levures chimiques et de bicarbonate de soude pour voir s'il y avait quelque chose qui pouvait faire une différence dans la manière dont ils montaient. Quelque chose ne va pas, mais je *sais* que la recette fonctionne. Je me souviens du goût.

Ce n'était pas comme ça qu'elle voulait passer la soirée, mais alors qu'ils progressaient jusqu'à arriver à enfourner ce qui ressemblait à de délicieux gâteaux dans le four, Brooke dut admettre que ce n'était si mal.

Elle aimait passer du temps avec Mack, point. Cette sensation d'aisance était revenue alors qu'ils se déplaçaient dans la cuisine dans ce qui était essentiellement une danse.

Cela devint une vraie danse. Alors qu'elle fermait la porte du four et se redressait, Mack l'attrapa par les doigts et l'attira dans ses bras. Il faisait jouer de la musique sur son téléphone et il la garda contre lui, proches et intimes, alors qu'ils se balançaient. Ses bras forts la serraient avec un contrôle impeccable.

Brooke posa la tête sur son torse et ferma les yeux.

— C'est agréable, murmura-t-elle.

— *Hummmm.*

Il ne s'arrêta pas, pas même quand les volontaires entrèrent dans la pièce et leur offrirent une salve d'applaudissements. En fait, Mack l'éloigna de lui en la faisant tourner avant de la ramener, ce qui fit que leur public cria un peu plus fort.

— Nous nous en allons, dit Charity. Vous avez besoin que nous fassions quelque chose avant de partir ?

— Oui. Nous pourrions changer la musique, ou vous inscrire pour des cours de tango, lança l'autre malicieusement.

Mack fit tournoyer Brooke de manière experte, la renversa sur son bras et la fixa dans les yeux.

— Je pense que ça ira.

Les volontaires ricanèrent, mais partirent avec des au-revoir joyeux.

— Ce n'était pas très poli, taquina Brooke alors que Mack continuait à les faire danser dans la cuisine.

— Tu es dans mes bras. Je n'ai pas besoin d'interrompre ça juste pour dire au revoir.

Il y avait quelque chose dans les yeux de Mack. C'était sensuel, et pourtant riche et généreux. De la possessivité, et pourtant de l'appartenance. Comme si le fait qu'il ne veuille pas la lâcher était parfait parce que non seulement elle voulait être là, mais si elle pouvait choisir, qu'il soit dans ses bras à *elle* était la seule chose qu'elle demanderait aussi.

Mack ralentit leur mouvement, ils bougeaient à peine désormais. Ils étaient si proches que s'ils avaient été peau contre peau, cela aurait été une danse d'une nature complètement différente.

— Mon Dieu, j'ai envie de toi.

Les mots furent chuchotés. La voix de Mack était profonde et rauque comme si elle s'échappait d'une barrière qu'il n'avait pas voulu franchir.

— J'ai *besoin* de toi, ajouta-t-il.

Le cœur de Brooke rata un battement.

— Mack.

— Laisse-moi te donner du plaisir.

Ce n'était pas un ordre. C'était la requête d'un homme qui mourait de soif.

— Mais...

— *Brooke.*

C'était à un pas d'un grognement. Il la fit pivoter dans ses bras, la dominant encore une fois de toute sa hauteur. Une de ses mains se posa sur la taille de Brooke, et l'autre glissa sur son ventre pour qu'il puisse presser ses hanches contre les siennes.

Ses lèvres frôlèrent son cou, son oreille. Ses dents en mordillèrent le lobe avant qu'il n'aspire la peau sensible en dessous.

Elle fondait. Cela n'avait pas d'importance que la tempête hivernale qui faisait trembler le bâtiment souffle assez fort pour faire cliqueter les fenêtres. Des cristaux de glace et de l'air glacé se faufilaient par les interstices sifflants.

Les bras de Mack étaient une fournaise ardente. Il leva la main pour entourer sa gorge, la retenant, mais gentiment. Il l'immobilisait pour pouvoir glisser son autre main sous son pantalon et qu'elle n'ait nulle part où aller.

— Écarte les jambes, chuchota-t-il. Laisse-moi te toucher. Laisse-moi prendre ce dont j'ai besoin.

Elle tirait le meilleur parti dans cette affaire, et alors que les doigts de Mack glissaient entre ses replis, Brooke ne put retenir le hoquet de plaisir qui lui échappa.

Il fut rapidement suivi par un autre, les doigts de Mack la

pinçant lentement comme s'il jouait avec elle comme d'un instrument de musique. Il la taquinait, remontant pour dessiner des cercles autour de son clitoris puis s'arrêtant avant que quoi que ce soit de spectaculaire ne puisse arriver.

Brooke avait écarté les cuisses, mais Mack utilisa sa jambe pour agrandir encore l'espace. La position la laissa légèrement déséquilibrée, tremblante sous l'anticipation de son contact.

— Nous y voilà.

Il enfonça plus profondément ses doigts, glissa en elle et laissa sa paume pressée contre la partie la plus sensible de son attribut.

— Maintenant, on mijote, ajouta-t-il.

Brooke ferma les yeux. Elle posa les mains sur ses avant-bras puissants, savourant leur lien. Sous ses doigts, les muscles de Mack se contractaient tandis que sa main jouait entre ses jambes. L'autre restait stable et sous contrôle, seul son pouce caressait sa carotide d'avant en arrière.

Un plaisir tourbillonnant s'éleva et Brooke se balança contre Mack. Le mouvement était futile, mais irrésistible, parce qu'elle ne pouvait pas altérer son mouvement. Elle n'était pas aux commandes, c'était lui. Il contrôlait la profondeur, la pression. Il lui donnait exactement ce dont elle avait besoin pour que ceci se produise.

Il se rapprocha, ses lèvres près de son oreille. Il la mordilla vivement, et une étincelle s'enflamma, monta au fond d'elle et se dirigea lentement dans tout son corps alors que Mack augmentait juste assez le rythme. Il reflétait sa respiration pénible et l'air chaud de ses expirations effleurait la joue de Brooke.

— J'ai hâte de ne t'avoir que pour moi. Dans un endroit intime. Au chaud, pour que je puisse te déshabiller. Mes doigts ne se trouveront pas entre tes cuisses. Ce sera ma langue, et après que tu auras joui, ma queue, qui te pénétrera et te remplira.

— Mack...

— Je pourrais même te baiser comme ça. Te pencher en avant pour pouvoir m'enfoncer profondément en toi puis te redresser pour tenir tes deux seins et t'immobiliser pendant que je plongerai ma queue en toi.

— *Mack.*

— Ou je te prendrai sur le sol. Pas sur le dos, mais au-dessus de moi. À genoux suffisamment loin pour que tu n'aies pas à bouger et que je puisse te faire vivre la chevauchée de ta vie.

Il retira lentement ses doigts pour s'emparer de son clitoris, le pinçant dans un mouvement tournant avant d'enfoncer de nouveau ses doigts et de presser fermement la paume de sa main dessus.

Elle était en feu. Le tourbillon de plaisir et de chaleur qui s'était élevé en elle était désormais un brasier, traversant son corps jusqu'aux extrémités les plus éloignées de ses membres. Elle chercha son souffle, le cœur battant alors que sa poitrine se soulevait. Son intimité se serra étroitement autour des doigts de Mack comme si elle ne voulait pas le lâcher.

Il lui fallut un moment pour reprendre complètement ses esprits. Ce fut à ce moment-là qu'elle se rendit compte que pendant son orgasme, elle avait enfoncé ses ongles dans les avant-bras de Mack. Elle jura en les lâchant et caressa doucement les marques.

— Désolée.

Elle reçut un baiser et un petit rire pour ses excuses.

— J'aime bien tes griffes.

La minuterie du four se déclencha, et ils se mirent tous deux à rire.

— Joli timing, avança Brooke d'une voix tremblante, ses forces toujours rassemblées quelque part autour de ses orteils.

Mack s'assura qu'elle avait les mains appuyées sur le plan de travail avant de la lâcher.

— Donne-moi une minute. N'essaie pas d'ouvrir le four ou je te donnerai une fessée.

— Paroles, paroles, paroles.

Il avait les mains dans l'évier, les lavant, quand des bruits de pas résonnèrent dans l'escalier métallique. Brooke lança un coup d'œil et découvrit Ryan qui bondissait par la porte avec son habituel enthousiasme.

— Hé, les gars, quelque chose sent bon ici.

Brooke prit les maniques sur le plan de travail pour cacher son visage.

— La bonne odeur, on maîtrise à la perfection.

Mack lui vola les maniques, lui lança un clin d'œil et la fit rougir de nouveau.

— Laisse-moi m'occuper de ça. Je suis doué avec les trucs brûlants.

Et même si quelques minutes plus tard, il était clair que les muffins et le gâteau étaient tout sauf réussis, chacun s'effritant en piles de miettes immangeables après avoir été retirés des moules, Brooke trouva difficile de se sentir frustrée.

Les orgasmes spectaculaires avaient le don de faire disparaître les autres déceptions.

Ce n'était pas un message que Mack s'était attendu à recevoir. Pourtant il était là, clair et net, donné en main propre par Ashton Stewart, le contremaître du ranch de Silver Stone et, s'avérait-il, un des potes de jeu et de boisson de Gary Silver.

— Êtes-vous sûr que c'est pour moi ?

C'était une question stupide, et l'expression sur le visage d'Ashton en disait autant, mais cela semblait incroyable.

— Ce n'est pas le genre d'erreur que je commettrais de donner le courrier d'un homme à un autre, répondit Ashton en pointant l'enveloppe du doigt. Gary m'a donné ça ce matin quand je suis passé. Il a dit qu'il ne pouvait pas quitter le garage, mais qu'il devait entrer en contact avec toi. Il semble qu'il n'ait pas ton numéro de téléphone.

Mack relut le message. Rien de sophistiqué, écrit avec un feutre sur un vieux morceau de journal. Probablement la seule chose que le père de Brooke avait pu trouver dans le garage à ce moment-là.

Nous partons pour le cimetière à seize heures. Brooke voudra que tu nous accompagnes.

— D'accord.

Mack leva les yeux et découvrit Ashton qui l'évaluait.

— Les visites au cimetière. Vous pouvez me dire quelque chose là-dessus ?

— Tu demandes quel est le protocole en général, ou quelque chose de spécifique ? interrogea Ashton en ajustant son chapeau de cow-boy avant de glisser les doigts dans ses poches.

— Les deux.

Brooke n'avait pas dit qu'une visite sur les tombes de ses grands-parents faisait partie de leurs traditions festives.

Ashton réfléchit un instant avant de hocher fermement la tête et de regarder Mack droit dans les yeux.

— Il ne sait pas exactement quoi penser de toi. Gary, je veux dire. Mais il tient sa fille en haute estime, et il s'occupait de ses parents avec un amour profond et puissant. Le fait qu'il t'ait invité à les accompagner signifie quelque chose.

Même si Gary avait formulé son invitation comme quelque

chose que *Brooke* voudrait, Mack réfléchit pendant un instant, laissant la vérité le pénétrer. Une vérité effrayante et pourtant merveilleuse : le père de Brooke savait qu'il était important pour elle.

— Est-ce que j'apporte des fleurs ?

Cette fois, il reçut un haussement d'épaules gêné.

— Je n'en suis pas sûr, mais habituellement, les fleurs sont appropriées. Tu devrais faire ce que tu penses que Brooke apprécierait. C'est plus sûr comme ça.

— Merci. D'avoir apporté le mot et merci pour les conseils.

— Pas de problème. C'est intéressant de voir comment les choses vont se passer finalement.

Un lent sourire s'étira sur le visage d'Ashton, approfondissant les rides aux coins de ses yeux.

— J'en arrive au stade de la vie où c'est agréable d'avoir quelques distractions, et tu t'avères en être une bonne.

Cela voulait dire que Gary avait à l'évidence parlé de Mack à ses potes. Qu'il en soit ainsi... Mack avait aussi parlé de Gary, en tout cas avec quelques amis en qui il avait vraiment confiance.

Malgré tout, il fallait asticoter certaines choses.

Mack le regarda.

— Je pense que vous avez besoin de quelque chose pour vous occuper. Ils ne vous donnent pas assez de quoi faire à Silver Stone ?

— Dernièrement ? Pas vraiment. Il y a assez de nouveaux qui courent dans tous les sens pour que j'aie moins de choses à faire au quotidien. De plus, le but de tout bon superviseur est de s'assurer d'être remplaçable.

— Peut-être que je devrais vous proposer un travail à la caserne.

Mack avait voulu faire une blague, sauf qu'à l'instant où les mots quittèrent ses lèvres, il se souvint du commentaire d'Alex. Ils avaient besoin de nouveaux leaders de rotation. Ashton Stewart était plus âgé, toujours en excellente condition, mais plus encore, il savait comment diriger des équipes et faire travailler les gens activement.

— Faites-moi savoir si vous êtes sérieux à propos de cette envie d'une vraie distraction.

Mack rangea la lettre dans sa poche arrière et se redressa, examinant Ashton un instant avant de continuer :

— Nous aurions bien besoin de vous à la caserne. Et je ne veux pas dire pour discuter de la vie amoureuse des gens.

Ashton eut l'air intrigué, mais s'en alla sans rien dire de plus.

Mack rangea ses affaires pour pouvoir partir à l'heure et passa chez le fleuriste pour prendre deux petits bouquets. Il se gara dans le parking du garage Silver juste au moment où le panneau *Ouvert* se retournait vers *Fermé*.

Mack se pressa vers l'entrée de service, mais même ce court moment dans le froid intense lui fit picoter les joues quand il pénétra dans la chaleur du garage.

Brooke leva les yeux alors qu'elle enfilait des bottes épaisses d'hiver, surprise.

— Hé. Tu es là.

Il lança un coup d'œil autour de lui. Gary se trouvait à l'autre bout du garage et se déplaçait lentement, le dos tourné vers eux.

— Tu ne m'avais pas dit que nous avions quelque chose de prévu.

Elle se mit sur la pointe des pieds et l'embrassa rapidement avant de tendre la main vers son manteau et de l'enfiler.

— Je ne savais pas que nous avions un programme avant le petit déjeuner quand papa m'a dit qu'il fermait le garage pour que nous puissions aller sur les tombes.

Mack hocha la tête.

— Il m'a envoyé un message. Il m'a invité à vous accompagner.

Brooke marqua une pause en extirpant ses cheveux de son col.

— Oh.

— Tu ne savais pas ?

Elle secoua la tête, puis abaissa un épais bonnet sur ses oreilles.

— C'est une bonne chose. N'est-ce pas ?

Il se rapprocha, passa une main autour de sa taille et la serra fort.

— Je suis content d'être là.

Gary les rejoignit, de lourdes bottes déjà enfilées et le col haut de son manteau d'hiver relevé contre le froid. Il regarda Mack fixement un instant puis hocha fermement la tête.

— Nous devrions y aller dans un véhicule. Tu conduis.

Mack faillit tomber à la renverse sous cet ordre, mais il se dépêcha d'ouvrir la porte pour Brooke et se pressa devant elle pour déverrouiller sa camionnette.

Gary écarta sa proposition de s'asseoir à l'avant et grimpa à l'arrière de la cabine. Il marqua une pause quand il remarqua les bouquets posés sur la console centrale.

Il ne fallut qu'un instant pour démarrer la camionnette et remettre en marche le chauffage, puis Mack se tourna vers Brooke.

— J'ai pris ça pour toi. Il semble que dans la plupart de ces photos que tu m'as montrées, ta grand-mère avait toujours des marguerites et des gypsophiles. J'ai pensé que ce serait approprié.

Mack croisa le regard de Gary dans le rétroviseur.

— J'espère que ça ne vous dérange pas.

Gary ronchonna un peu, mais Brooke tendit la main, et entremêla ses doigts à ceux de Mack.

— Elles sont parfaites. Merci.

Ce fut un trajet silencieux, le soleil passait déjà derrière les montagnes quand ils arrivèrent au cimetière à la périphérie de la ville. La maison près du cimetière était illuminée, et une lueur chaleureuse et accueillante brillait par les fenêtres.

Dans le cimetière en lui-même, de minuscules lumières étincelaient comme si des fées voletaient entre les pierres et dansaient dans les branches nues des conifères. Mack se gara sur la place, reconnaissant de voir qu'un chemin avait été déneigé jusqu'au centre du cimetière.

Cette journée était la moins venteuse depuis un moment, mais le vent grondait toujours autour d'eux comme des doigts glacés qui tireraient sur les vêtements. Mac rapprocha Brooke de lui tandis qu'ils suivaient Gary sur le chemin glissant en direction du coin le plus éloigné, où le sol se soulevait et retombait comme des replis d'une couverture froissée, continuant vers l'Ouest en direction des contreforts des montagnes Rocheuses.

Gary s'arrêta près de deux petites stèles qui étaient côte à côte. *Sharon et Emmanuel Silver*. D'un noir saisissant sur le blanc immaculé, elles étaient bordées par un petit rosier dénué de feuilles, mais qui brillait vivement grâce à trois bocaux accrochés dessus qui semblaient remplis par la lumière de lucioles.

Des stries de couleurs roses ressortaient sur le ciel qui s'assombrissait. Le vent souffla plus fort, et Brooke cacha son visage contre le torse de Mack, frissonnant légèrement.

Gary se retourna, le visage pincé sous le froid, mais les yeux résolus. Il croisa le regard de Mack.

— J'ai totalement dépassé les bornes quand je vous ai crié

dessus l'autre jour. Mon père m'aurait tiré les oreilles immédiatement, et je le sais. Alors, je suis désolé.

— Ce n'est pas grave, papa.

Brooke tendit une main gantée vers lui, il l'attrapa et la serra fort tout en secouant la tête.

— Non. C'est grave. J'avais tort. Tu ne t'en souviens pas, mais ton grand-père s'est blessé une fois en installant ces décorations. Il est tombé du toit parce qu'il n'a pas attendu que je l'aide. Finalement, il allait bien, mais ça m'a secoué. Vous voir tous les deux avec des cordes, des échelles et ces fichues...

Il prit une profonde inspiration et la laissa ressortir avec soin.

— Ce n'est pas une excuse, mais j'ai pensé à la manière dont il a été blessé sans crier gare et l'idée que ça arrive...

Ses peurs étaient compréhensibles. Mack ne s'était pas attendu à entendre un tel épanchement de sa part. Et il hocha la tête.

— Ça a du sens pour moi. L'idée que quelque chose arrive à Brooke me terrifie aussi.

— Tu ne m'aides pas, là. Je ne suis pas en cristal, dit Brooke d'un ton pince-sans-rire, essayant à l'évidence de briser la tension. Mais j'apprécie ce que tu dis, papa. Nous ne voulions pas te faire peur.

Gary hocha la tête.

— J'avais presque oublié que ces décorations étaient là. Je veux dire clairement que je n'ai aucune envie de te voir sur le toit du garage à les installer... c'est une sentence de mort qui nous pend au nez. Mais si tu veux les accrocher ailleurs, n'hésite pas.

La caserne des pompiers était un lieu tout aussi dangereux, mais une vague idée était apparue à Mack.

— Peut-être qu'ils seraient intéressés, à la Résidence pour Seniors.

— C'est une super idée, dit Brooke.

Elle se blottit contre Mack tandis que le vent s'intensifiait et faisait flotter son col autour de son visage.

Gary inspira profondément puis fit un geste de la tête vers les pierres tombales.

— Pourquoi tu ne mettrais pas les fleurs ? Nous irons ensuite nous réchauffer.

Brooke glissa les tiges dans les vases devant chaque stèle. Ils se tinrent tous en silence pendant un moment, baissant les yeux sur le jaune vif qui contrastait avec le blanc. Un instant de joie au sein d'un vide total.

Puis ils retournèrent à la camionnette et se dirigèrent vers le garage, mais cette fois ce fut Gary qui parla. Pas comme s'il se mettait à table, mais en révélant des souvenirs qu'il ne pouvait pas contenir.

— Papa et moi avons fabriqué ces décorations sur quelques années. Elles ne pouvaient pas être faites avec de nouveaux matériaux, pas avec les règles que mon père avait mises en place. Non, tout était recyclé et réutilisé à cette époque-là, bien avant que ce soit un slogan. C'était une bonne leçon parfois... cette étoile était ma première soudure. Assemblée à base de pièces d'un vieux chariot que j'avais. Mon préféré, maintenant que j'y pense.

Dans le rétroviseur, Mack aperçut Gary qui avait l'air pensif en regardant les ténèbres grandissantes à l'extérieur.

Il continua :

— J'étais fier de cette étoile. Je suppose que ce serait bien de les revoir et que les gens apprécient cette vue. Papa aurait aimé ça.

Tout l'après-midi avait été une succession d'instants incroyables et pourtant inattendus, mais ils avaient atteint le mauvais tournant du conte de fées. Ce fut à ce moment-là que Mack se retrouva désarçonné.

Parce que parmi toutes les décorations que Brooke et lui avaient sauvées du loft et tout ce qu'il avait remis à neuf avec de nouveaux branchements pour faire partie de la célébration de Noël de cette année, il manquait quelque chose.

Il y avait des sucres d'orge, des sapins, un père Noël, et tout un tas de rennes.

Cependant, il n'y avait pas une seule étoile.

8

———————

Le parquet résonnait sous le son des bottes qui passaient devant les tables pliantes qui étaient devenues des postes de travail improvisés le long de la piste de danse du Rough Cut. De la musique de fond jouait, mais pas aussi fort que lors d'une soirée normale quand les locaux tout comme les visiteurs se déversaient par la porte vers la chaleur et les festivités.

Mais cet événement en fin d'après-midi était quand même en rapport avec l'esprit de Noël, et le fait d'être entre amis. Brooke lança un coup d'œil à la foule rassemblée avec une sensation de bonheur intense.

Et une touche de confusion.

— Pourquoi sont-ils tous habillés normalement ? demanda-t-elle à Mack tandis qu'il l'aidait à retirer son manteau.

Un ricanement et un rapide sourire furent tournés vers elle.

— C'est une terrible perche à me tendre.

— Dis-moi simplement quand tu l'as remarqué, Einstein, le taquina-t-elle.

Parce que même s'il était évident que l'assemblage des paniers de Noël se passait bien et qu'un empilement grandissant de boîtes était aligné près de la porte d'entrée, l'autre partie de l'événement qu'elle avait attendu semblait ne réunir personne d'autre que Mack et elle.

Un *bonsoir* joyeux la percuta de deux côtés tandis que Rose et Yvette arrivaient toutes deux.

Yvette avait les bras enroulés autour d'une boîte, mais elle s'arrêta pour regarder attentivement Brooke avant de cligner vivement des yeux.

— Tu as l'air très... étincelante et festive.

— Elle ressemble à un panneau publicitaire sur Time Square, avança Rose en retour.

Un léger juron s'échappa des lèvres de Mack avant qu'il ne parvienne à sourire à nouveau.

— Vous savez où est Ryan ?

— Ne lui dites pas, les avertit Brooke avant de se tourner vers Mack pour ajuster le col du pull incroyablement kitsch qui ornait son corps musclé. Rappelle-toi, c'est un bon ami *et* c'est la saison des fêtes. Tu ne veux pas aller l'écorcher vif ou faire quoi que ce soit de sanglant.

— Est-ce que Ryan est la raison pour laquelle Mack ressemble actuellement à Mister Rogers qui aurait pris du LSD ? demanda Rose.

Yvette, qui avait ajouté sa boîte à la pile près de la porte, revint à cet instant et hoqueta devant le commentaire de Rose. Mais elle n'était pas choquée, ça l'amusait.

— Primo, Mister Rogers ne s'abaisserait *jamais* à prendre de la drogue. Deuzio, j'aime assez le pull. Les fruits bleus duveteux sur l'arbre ont l'air sympas.

— Ce sont des poires, et il y a une perdrix quelque part, gronda Mack avant de secouer la tête. D'accord, je ne vais pas le tuer maintenant. Mais je pourrais mettre cette option de côté pour plus tard, si je m'ennuie.

— De quoi te plains-tu ? dit Brooke, le bras sous le sien, suivant les filles vers l'endroit où commençait la chaîne d'assemblage. Il y a des lumières sur mon affreux pull, et je n'ai toujours pas trouvé comment l'empêcher de clignoter des SOS.

L'homme du moment – Ryan – apparut, son expression accueillante, mais rien d'inhabituel, rien qui montrait qu'il avait réussi à les rouler dans la farine.

— Content que vous ayez pu venir. Prenez une boîte et passez tout le long. Ajoutez une boîte de conserve de chaque ou un paquet d'aliments non périssables, et à la fin nous ajouterons les périssables.

— Et à quel moment est-ce que je peux fourrer *ma* dinde préférée dans une boîte ? demanda Mack, un grondement dans la voix.

Pendant une seconde, les lèvres de Ryan tressaillirent avant qu'il ne redevienne calme et débonnaire.

— Ce sera le dernier article périssable.

— Andouille, avança Mack d'un ton pince-sans-rire.

— Sur la table des denrées périssables. Deux goûts au choix.

Ryan s'écarta en reculant. Mack tendit la main vers lui, puis tous deux finirent par se bagarrer dans un esprit bon enfant alors que les femmes se rapprochaient.

Rose regarda les gars lutter et haussa un sourcil.

— Pour des adultes, ils font une imitation très réussie de préados.

— Je présume que les pulls moches étaient l'idée de Ryan ? demanda Yvette.

— Il nous a dit que *tout le monde* en porterait. J'ai forcé la main de Mack pour m'assurer qu'il participe.

Brooke ne ressentait que de l'amusement à ce stade, le pull jaune vif qu'elle avait trouvé à la friperie avant de tisser des LED partout dessus faisait qu'elle se sentait plus heureuse que bête.

— Tu es mignonne, dit Yvette en lançant un coup d'œil à Mack qui avait abandonné sa tentative de mettre Ryan au sol et parlait maintenant joyeusement avec lui alors qu'ils avançaient le long de la chaîne. Lui, par contre, a l'air d'un Mister Rogers trop caféiné.

Les trois filles rirent doucement puis se déplacèrent pour se mettre au travail.

Il ne leur fallut pas longtemps pour rassembler les portions alimentaires des paniers de Noël, et ils firent tous une pause. Ils s'affalèrent sur les chaises qui avaient été sorties de la réserve, puis des tasses de cidre chaud et des plats de *snickerdoodles*[1] et de *whoopee pies*[2] faits maison furent passés autour de la table.

— Comment décides-tu de ce qui va dans un panier ? demanda Yvette à Rose, qui était de nouveau la coordinatrice cette année.

— Comment décides-tu de ce qui va sur la table le jour de Noël ? avança Rose. Beaucoup vient de la tradition. Une partie est strictement pour la facilité. Mais essentiellement, ce n'est pas une super idée d'emballer des ingrédients que les gens ne savent pas utiliser à un moment de l'année où essayer de nouvelles choses demanderait plus d'énergie qu'ils n'en ont.

Brooke passa mentalement en revue sa liste des choses qui avaient été mises dans les paniers destinés aux familles du coin.

— Est-ce que tu dis qu'un Noël canadien traditionnel à Heart Falls implique de la farce, une dinde et des haricots verts ?

— Essentiellement, même si je travaille avec le groupe des nouveaux venus. Nous essayons d'ajouter des ingrédients différents quand c'est approprié. Dans certains cas, au lieu de préparer un panier, nous avons pu obtenir un chèque-cadeau pour que les familles puissent avoir ce dont elles avaient besoin au magasin pour leurs propres traditions. Ajouter des recettes, c'est nouveau aussi.

— J'ai vu les recettes, dit Yvette. J'ai reçu un panier du comité d'accueil quand j'ai emménagé, et il incluait des recettes de chou farci et de *paneer makhani*[3].

— Cette sauce est aussi fantastique avec des pois chiches, révéla Rose.

Brooke approuvait les changements, mais elle devait révéler une confession désabusée.

— Je pense que c'est absolument génial que je puisse maintenant apprendre à brûler des choses de différentes cultures.

Près d'elle, Mack s'efforçait de ne pas rire.

— Mon meilleur dîner de Noël c'était quand je suis rentrée de l'université et que j'ai découvert des macaronis au fromage maison dans le frigo. Ma mère en avait préparé une énorme casserole pour tous ceux qui voulaient un en-cas tardif. J'ai eu tellement de problèmes quand j'y suis allée en douce et que j'ai dévoré un bol environ une demi-heure avant le dîner familial officiel, dit Yvette en émettant un son joyeux. Ça en valait vraiment la peine.

— Les souvenirs culinaires sont les meilleurs, dit Mack en hochant la tête.

— Je suis d'accord, mais je pense toujours que les meilleurs macaronis au fromage sont ceux de la marque *Kraft Dinner*.

Alex reçut une salve d'encouragements et de huées à ce propos. Le cow-boy avait rejoint le groupe un peu tardivement.

— Quel est ton souvenir culinaire préféré ? demanda Rose à Ryan.

— Regarder Talia goûter la première fois à l'ambroisie.

Il leva les yeux et fixa les lourdes poutres en bois qui décoraient le plafond.

— Justina n'était pas très sûre que ce soit approprié de servir ça à une petite fille, mais j'ai insisté et nos amis m'ont soutenu, ajouta-t-il.

Mack posa une main contre son torse.

— Je te pardonne tous tes méfaits parce que tu as mentionné la nourriture des dieux. L'ambroisie est la *seule* manière de célébrer les fêtes.

Des idées continuèrent à être partagées et des rires s'élevaient souvent tandis que le groupe parlait avec animation. Mais Brooke marqua une pause pour prendre mentalement une note.

Elle essayait depuis un moment de trouver quoi mettre sur la table pour *leur* repas de fête. Mack avait promis de l'aider à cuisiner, Dieu merci, et il avait déjà acheté une dinde. Elle était actuellement quelque part à la caserne, toujours congelée. Il avait juré de la sortir à temps pour qu'elle soit décongelée et prête à cuisiner pour le jour de Noël.

Le reste des basiques étaient faisables : les pommes de terre, les salades, les cornichons. Elle achèterait des petits pains chez Tansy le plus tard possible.

Mais Brooke n'avait même pas pensé à l'ambroisie, et c'était une chose qu'elle savait pouvoir faire – ce serait impossible à brûler. Et c'était un des plats préférés de Mack, il fallait qu'il fasse partie de leurs traditions.

Il devait faire partie de leurs traditions.

Parce que Mack avait fait plus que le nécessaire au cours des derniers jours. Il avait été là pour elle *et* pour son père, même si Gary ne voulait pas encore le reconnaître. Non, Mack faisait vraiment partie de leur famille, et elle allait s'assurer qu'il le sache.

Mack aida à porter les boîtes dans la camionnette qui attendait dehors. Avec lui, Ryan et Alex, et les autres gars qui restaient, cela ne prit pas longtemps. Puis Ryan s'éclipsa pour aider son équipe à préparer l'ouverture du pub, et Mack le suivit.

Son ami baissa les yeux vers le tissu kitsch qui couvrait le torse de Mack, mais réussit à garder un visage impassible.

— Brooke et toi, vous restez ?

— Je pense. Je prévois de l'emmener un moment sur la piste de danse.

Ryan se déplaça rapidement derrière le bar, vérifia les robinets et l'approvisionnement d'alcool.

— Merci d'avoir été beau joueur à propos des pulls moches. Je n'ai pas pu résister.

— Je n'arrive pas à croire que j'ai marché, mais crois-moi, dit Mack avec une promesse machiavélique et enthousiaste, un jour, quand tu t'y attendras le moins, des pulls moches feront partie de ta vie.

Ils échangèrent de grands sourires. Mack s'avança pour aider Ryan à changer la cuve sur une des fontaines à soda.

— Est-ce que je peux te demander d'emmener ça dans la réserve du fond ? demanda Ryan lorsqu'un membre du personnel s'approcha avec une question urgente.

Mack souleva le bidon sur son épaule.

— Pas de problème. Dis juste à Brooke où je suis allé quand elle reviendra pour qu'elle ne pense pas que je l'ai abandonnée.

— Ouais, on ne voudrait pas ça. Elle pourrait t'échanger avec un autre modèle.

Ryan était repassé en mode taquinerie.

— Quelqu'un avec un peu plus de peps et d'ambition, ajouta-t-il.

Mack roula des yeux.

— Ducon.

Mais Ryan n'écoutait pas, alors Mack avança vers l'arrière du bar. Il connaissait l'endroit après un an dans cette communauté en plus d'avoir traîné de nombreuses nuits avec Ryan.

Il salua de la main une serveuse qui sortait le fonds de caisse et préparait la caisse, puis alla d'un bon pas dans le couloir vers l'arrière du bâtiment.

La réserve était ordonnée, comme il s'y attendait. Ryan n'était pas du genre à permettre que les choses soient en bazar. Mack porta sa charge vers l'extrémité gauche où était posée une rangée d'autres bonbonnes. C'était amusant de regarder autour de lui les masses de matériel sur les étagères et il se tourna lentement...

La pièce devint noire.

— Bon sang.

Il ne savait pas que la lumière était à détecteur de mouvements. Mack agita un bras en l'air, mais rien ne se produisit.

Il était en train de sortir son téléphone pour utiliser la lampe torche quand un rire bas atteignit ses oreilles. Un rire familier, suivi de bras familiers qui se glissèrent autour de sa taille par derrière. L'odeur de Brooke envahit ses sens.

— N'aie pas peur, chuchota-t-elle. Je ne vais pas te faire de mal.

— Hum.

Le son bas s'approfondit lorsque les mains de Brooke glissèrent plus bas.

— C'est bien... continua-t-il, que tu ne sois pas là pour me faire du mal. Mais tu sembles avoir *une* idée derrière la tête.

Sa paume appuya fermement sur son membre. L'intérêt de Mack pour ce jeu tordu devenait apparent.

— J'avoue que je suis attirée par ta tenue classe et ton corps incroyable. Je ressens le besoin de profiter de toi, dit-elle.

— Mon pull t'excite ? répéta Mack en luttant pour s'empêcher de rire parce que jouer ce rôle à demi sérieusement était drôle. Eh bien, qui suis-je pour dire non à une femme rendue folle par mes poires violettes ? Ravage-moi.

Quelque chose heurta son dos. Il lui fallut une seconde pour comprendre que c'était le front de Brooke et qu'elle gloussait de manière incontrôlable.

Il se tourna et la prit dans ses bras, où était sa place. Peu importait qu'ils soient dans le noir dans une réserve qui sentait la bière et les cacahuètes.

Ils étaient ensemble, et c'était parfait.

— Un vrai pitre, murmura-t-elle.

Ses doigts remontèrent sur son torse pour s'entrelacer derrière son cou. Brooke l'attira vers elle jusqu'à ce que leurs lèvres s'unissent. Son baiser était doux, ses lèvres incurvées en un sourire alors qu'elles se frôlaient doucement, tendrement. C'était si innocent que cela aurait pu être leur tout premier baiser.

Des souvenirs lui revenaient.

— Tu n'as pas idée de la douleur que j'ai ressentie ce jour où nous sommes allés au stand de tir à l'arc.

De l'air passa sur la joue de Mack, un soupir amusé.

— Tu interromps tes ravages pour parler d'exercices de tir qui se sont mal passés ?

— Je ne t'avais jamais vue comme ça.

Il ignora son commentaire impertinent et se concentra sur ce qu'il voulait lui dire.

— Tu étais cette guerrière redoutable, tout en concentration et en puissance, et quand tu as touché le centre de la cible sur ton deuxième essai, j'ai bandé.

Le rire de Brooke résonna clairement avant qu'elle n'enfouisse le visage dans son cou.

— Arrête.

Les mots sortaient déformés.

— Je ne veux pas que quelqu'un nous trouve déjà, ajouta-t-elle.

— Je pensais juste qu'il fallait que tu saches. J'ai été séduit dès le début. Et quand tu m'as laissé t'attirer contre ce ballot de foin pour t'embrasser, j'ai pensé que j'étais au paradis. Des lèvres tentatrices, un corps doux partout où il faut, pourtant redoutable et sauvage en même temps.

Il émit un son comme s'il venait de croquer dans quelque chose de délicieux.

Brooke se balança, taquinant leurs corps.

— J'aime bien ce souvenir. Ça me plaît que tu aies pensé que j'étais forte.

— Tu l'es toujours.

Elle pouvait le mettre à genoux si elle le voulait.

Elle frôla son torse de la main, à deux doigts de le réduire à des divagations incohérentes. Elle lui embrassa la mâchoire et lui mordit la lèvre inférieure. Sa main tomba sur son entrejambe et contint légèrement son érection.

— Je veux quelque chose, l'avertit-elle.

— D'accord.

Il donna une réponse instantanée parce qu'il était malin.

Brooke émit un petit rire.

— Les deux dernières fois que nous nous sommes pelotés, tu as été très gentil avec moi, mais je ne t'ai pas rendu la pareille. Faisons quelque chose à ce sujet.

— Crois-moi, te faire prendre ton pied me fait plaisir. Mais je ne proteste pas si tu as d'autres projets.

Il lui prit le menton et la tourna vers lui pour pouvoir

l'embrasser. Cela devint un peu brusque, car 100 % de son désir transparaissait.

Il n'avait pas oublié son commentaire à propos du fait que le sexe entre eux allait toujours vite, mais cela ne semblait pas être le bon endroit ou moment pour changer cela.

Elle se rapprocha, ses doigts se ruant vers sa taille. Leurs lèvres toujours unies, Mack s'empara d'un de ses seins d'une main, moulant le renflement couvert de tissu contre sa paume.

Ça ne suffisait pas à nourrir la bête.

Quand elle lui eut défait le bouton et la braguette, il glissa la main sous son pull, repoussa son soutien-gorge et posa la main sur sa peau nue.

— Mon Dieu, tu es déchaîné aujourd'hui.

Brooke souffla les mots alors qu'elle enroulait les doigts autour de son membre.

Le corps de Mack remua sous ce contact, et la pression de la main de Brooke envoya une pulsation à travers lui qui menaçait de le rendre incontrôlable.

— Joue avec moi, mon ange. Tout ce que tu veux.

— Toi. Juste toi.

Lui, brisé et réduit en morceaux par un désir pressant. Ou c'était ce qu'il semblait qu'elle recherchait, car elle se mit à genoux et une chaleur soudaine et humide l'engouffra.

La sensation menaçait de submerger ses sens. Les ténèbres restaient présentes, rendant le contact de Brooke encore plus puissant, dévorant. Il pouvait imaginer ce qu'elle faisait, et cette image mentale de leur lien intime le secoua.

Brooke le taquina de la langue, la faisait passer le long du gland, se concentrant sur le petit endroit qui, elle le savait, déclenchait les meilleures sensations, le plaisir le plus puissant.

— Bébé... j'y suis presque.

Il chuchota les mots et lui caressa les cheveux, souhaitant

pouvoir voir. Pas pour les images érotiques, mais pour l'expression dans ses yeux, pour savourer le lien émotionnel qu'il y avait entre eux. Le lien physique était fantastique, et son orgasme s'approchait suffisamment rapidement pour que de petits points blancs apparaissent devant ses yeux.

Il retint un cri, mais quelque chose sortit en grondant de son torse. Pas des mots. Rien de compréhensible, mais un son empli de satisfaction et de plaisir incontrôlés.

Des lumières clignotantes emplirent la réserve. Trois clignotements, trois flashs, trois clignotements.

Les jambes de Mack étaient instables. Brooke se releva et son pull s'illumina encore et encore dans un laps de temps comique. Le sourire sur son visage était évident dans la lueur qui en résultait.

Elle prit le visage de Mack dans sa paume et le laissa s'appuyer brièvement sur elle.

— SOS. Ai-je appelé à l'aide ? la taquina-t-il, essoufflé.

— Tu appelais quelque chose, dit-elle.

Mack l'attira contre lui et la serra fort.

— Merci.

— Quand tu veux.

La tête de Mack résonnait sous l'écho de son orgasme. Il était reconnaissant que leurs doigts soient entrelacés tandis que Brooke le ramenait dans la partie publique du bar puis sur la piste de danse.

— Je ne sais pas si c'est une bonne idée, la prévint-il.

— Tu n'as pas le sens du rythme ?

Elle souriait comme le chat du Cheshire. Quiconque la regardait attentivement saurait qu'elle avait obtenu ce qu'elle voulait sur un sujet important. Elle avait cette *expression*. Une femme satisfaite, fière de sa capacité à faire d'un homme normal son serviteur de son plein gré.

C'était vrai. Si elle le demandait, il le ferait. N'importe quoi pour elle.

Seigneur, il l'aimait.

Mack lutta contre l'envie de le lui révéler en l'attirant plus près de lui. Il passa les bras autour d'elle et la nicha contre lui. Leur danse consistait essentiellement à se balancer sans la moindre tentative de faire des mouvements élaborés.

Brooke semblait contente de le suivre là-dessus, comme dans tant d'autres moments auparavant. Elle posa la tête sur son épaule et ils se déplacèrent ensemble comme une machine bien huilée.

Mack ne savait pas si Ryan les aidait et s'assurait qu'il y ait une longue série de slows sur lesquels danser lentement, mais il était reconnaissant d'avoir du temps avant que le rythme ne s'emballe et que Brooke et lui ne doivent s'éloigner un peu plus.

Leurs doigts s'entrelacèrent, s'agençant pile comme il fallait. De la manière dont leurs vies le feraient quand il trouverait enfin le moment.

Au diable tout ça, il *créerait* le moment. Il devrait vérifier à nouveau, mais peut-être qu'il était possible d'organiser une escapade de dernière minute. Il tint sa langue jusqu'à ce qu'il puisse faire quelques rapides recherches sur Google, mais quand Alex appela Brooke et qu'ils se tournèrent vers celui-ci, il avait un plan qui bouillonnait dans la tête.

— Tu as une minute ? demanda Alex en lançant un clin d'œil à Brooke avant de se pencher pour parler plus fort que la musique. Je pense que j'ai trouvé quelque chose pour toi.

Elle fronça les sourcils.

— Qu'est-ce que j'ai perdu ?

— Le nom de ta chanson.

Il leva son téléphone puis le lui passa. Brooke appuya sur *play* puis le posa contre son oreille, couvrant l'autre pour bloquer la musique qui résonnait contre les murs.

Un instant plus tard, elle écarquilla les yeux, et son sourire devint étincelant.

— C'est *ça* ! Oh, mon Dieu, tu l'as trouvée.

Impulsivement, elle attrapa Alex et le serra fort.

Alex laissa ses mains bien en vue, mais son grand sourire lorsqu'il croisa le regard de Mack par-dessus l'épaule de Brooke annonçait à quel point il appréciait son remerciement.

Mack résista à l'envie d'agir comme un homme des cavernes, mais il fut ravi quand Brooke lâcha son ami et se jeta instantanément dans ses bras.

— Nous avons la chanson !

— C'est génial. Maintenant, tu dois réapprendre à la chanter.

— Beurk.

Brooke fit la grimace, mais elle se nicha sous son bras alors qu'elle se tournait vers Alex.

— Super découverte, ajouta-t-elle, et j'apprécie vraiment. Tu veux venir chanter la sérénade à mon père le matin de Noël ?

Le refus d'Alex fut instantané et ferme.

— Je m'en sors au karaoké, mais pas avec le reste. Le seul vrai chanteur que je connais, c'est Walker Stone. Tu pourrais passer au ranch de Silver Stone et lui demander.

— C'est une bonne idée, approuva Brooke en hochant fermement la tête. Encore merci, Alex.

Il lui lança un clin d'œil, puis salua Mack avant de retourner d'un pas tranquille vers un groupe de femmes et d'en inviter une à danser.

Brooke était de retour dans les bras de Mack, l'encourageant à aller vers la piste de danse, et il y alla assez volontiers. Les idées tourbillonnaient, mais il ressentait surtout une sensation de satisfaction d'avoir pris la décision d'organiser le moment où il pourrait faire sa demande.

Ils manquaient de temps pour coordonner le Noël parfait à l'ancienne. Ils en manquaient désespérément, mais curieusement, il semblait qu'ils avaient tout le temps nécessaire.

Parce que lorsqu'il regardait Brooke dans les yeux, il voyait l'éternité.

<h1 style="text-align:center">9</h1>

Le samedi matin, la foule dans le Buns and Roses était plus petite que d'habitude, mais Brooke avait désespérément besoin d'un remontant bien chaud avant de commencer sa journée au garage. Elle avait quarante-cinq minutes avant que son père ne s'attende à ce qu'elle soit prête et gonflée à bloc, avec toutes les voitures qu'elle devait avoir terminées avant l'heure de la fermeture.

Tansy posa une assiette avec trois biscuits délicats en forme de demi-lune et une boisson fumante devant Brooke.

— Le spécial du jour. J'appelle ça un Solstice d'hiver. Il est court et noir, pourtant la lumière est au prochain tournant.

Brooke leva le mug en l'air.

— Tu as de la chance que je te fasse confiance.

— Tu as de la chance que je t'aime, répliqua Tansy. Essaie.

Brooke prit une profonde inspiration qui lui annonça deux choses.

— Du café. Du chocolat, c'est sûr, et... de l'orange ? C'est la luminosité, n'est-ce pas ?

— Ouais ! Et le court parce que c'est du chocolat

Ghirardelli, et quelque chose de plus grand qu'un mini mug te ferait consommer toutes les calories d'une journée d'un coup.

Tansy lui fit un clin d'œil.

— Tu vois comment j'écarte les problèmes pour que nous n'ayons pas à nous mettre au régime en janvier ?

— Tu es une déesse.

Brooke prit une gorgée et un velouté sexuel glissa sur sa langue. Elle faillit gémir devant son amie.

— Ou un démon, se corrigea-t-elle. C'est bon comme peut l'être le péché.

On tira la chaise en face d'elle, et Brooke leva les yeux pour regarder ceux marron profond de Mack. Lui aussi fit un clin d'œil en tenant la chaise pour Sonora Fallen.

— Hé, mamie, dit Tansy en faisant un détour pour étreindre sa grand-mère. Un Solstice d'hiver pour toi aussi ?

— Merci, ma puce. Et je vais prendre une assiette de croissants de lune au beurre aussi.

La vieille dame s'assit et soupira d'aise.

— Sonora, dit Brooke en prenant une autre profonde inspiration du délice chocolaté tandis que Mack s'installait aussi à table. Excusez-moi pour mon impolitesse en buvant seule, mais je ne vais pas laisser ça refroidir.

— Je ne t'en veux pas.

Sonora enleva son bonnet et ses gants et les plaça dans les poches de son manteau avant de retirer l'épais vêtement. Ses cheveux blancs et argentés étaient nattés soigneusement en arrière et tombaient au milieu de son dos. Les pattes d'oie aux coins de ses yeux s'approfondirent tandis qu'elle souriait à quelqu'un à une autre table avant de tourner son regard gris vers Brooke.

— Vas-y, continua-t-elle. Bois pendant que c'est chaud.

Brooke but une gorgée du merveilleux élixir.

Mack leva une main et se frotta la nuque.

— Ce n'est pas que je veuille dépasser les bornes, Sonora, mais d'après les infos, une énorme tempête se prépare. Pensez-vous vraiment que c'était sage de venir à pied en ville ?

— Je n'ai pas fait tout le trajet à pied, répondit-elle d'un ton pincé. Je me suis fait conduire au magasin, puis j'ai eu envie d'une boisson chaude.

Le magasin était à plus d'un kilomètre et demi. Les probabilités que les trottoirs aient été dégagés entre les bâtiments aussi tôt étaient minces. Brooke et Mack échangèrent un coup d'œil alors que Tansy les interrompait pour apporter deux autres boissons chaudes et les biscuits demandés.

— Je suis d'accord avec Mack, dit Brooke prudemment. Pourquoi n'êtes-vous pas venue vous-même en voiture ? Avez-vous des problèmes de véhicule ?

Sonora se raidit, lança un coup d'œil par-dessus son épaule pour voir où se trouvait Tansy avant de répondre à voix basse, comme si elle ne voulait pas qu'on l'entende.

— Je suppose que je ne peux pas mentir là-dessus puisque c'est toi qui la répareras. Oui, j'ai eu un léger problème en reculant l'autre jour. Je pense que Gary et toi allez devoir venir chercher ma camionnette avec votre remorque. Le pare-chocs arrière est en piteux état.

Férocement indépendante, Sonora avait plus qu'assez de membres de sa famille en ville pour lui donner un coup de main si elle le demandait.

Si elle le *demandait*... c'était le problème.

— Je vais demander à papa et je vous ferai savoir quand nous pourrons venir chercher la camionnette.

Brooke se tourna vers Mack et il se pencha pour l'embrasser. Sans réfléchir, elle l'attrapa par la nuque et transforma le bisou qu'il avait probablement eu l'intention de lui donner en quelque chose de bien plus brûlant.

Oups ?

Les yeux de Mack brillèrent d'amusement lorsqu'il recula.

— Quelqu'un cherche les ennuis aujourd'hui.

— Avec toi ? Toujours.

Un doux petit rire leur arriva aux oreilles. Sonora buvait innocemment son café tout en regardant attentivement le plafond.

— Merveilleuses décorations. Il y a plein de choses pour distraire une âme sans devoir jouer à cache-cache.

Brooke s'éloigna de Mack. Ou elle essaya, mais se rendit compte qu'il avait la main passée autour de sa taille et ne la lâchait pas.

— Désolée, déclara-t-elle à Sonora.

Celle-ci lui lança un regard acéré.

— Ne t'excuse jamais d'être amoureuse.

Un frisson traversa Brooke ainsi qu'une poussée instantanée de chaleur. Elle n'osa pas lancer un coup d'œil à Mack pour voir comment il prenait la déclaration de Sonora.

Brooke n'allait pas se mentir à elle-même. Elle était tombée amoureuse de son soldat, et elle en arrivait au stade où elle ne se souciait pas de qui le savait. L'envie de jouer à « qui, nous ? » n'était pas là non plus. Elle n'allait pas faire ça à Mack devant lui.

Pour être honnête, le fait qu'il ne l'avait pas instantanément nié ou qu'il n'avait pas fait une blague pour couvrir une gêne ne permettait que de faire briller plus vivement le cœur de Brooke. Les doigts de Mack se resserrèrent, mais au-delà de ça, il ne fit rien en dehors de changer de sujet.

Mack se concentra sur Sonora.

— Je me suis renseigné, et il s'avère que vous êtes la personne à qui nous devons parler. J'essaie de retrouver une décoration que l'Église unie[1] a empruntée il y a quelques années. Votre nom a été évoqué dans la conversation en tant que personne qui pourrait savoir où elle a atterri. Ou à qui d'autre nous pourrions parler.

Sonora parut curieuse.

— Une décoration de Noël ?

Mack hocha la tête.

— Une grande étoile en métal, d'un diamètre d'environ 1,50 mètre. Elle avait aussi des lumières, et peut-être une perche pour la suspendre au-dessus du toit.

Il parlait avec les mains, animé et plein d'espoir, et Brooke le regardait avec fascination. Elle adorait la manière dont il parlait aussi sincèrement et la manière dont ses yeux s'illuminèrent quand Sonora hocha immédiatement la tête.

— Je m'en souviens, confirma-t-elle en fronçant les sourcils. Mais je pensais qu'elle avait été rendue avec le reste des décorations. Elle n'est pas dans la remise à l'extérieur de l'église ?

— Non, madame. J'ai regardé.

— Ah bon ?

— Brooke examina de plus près son homme qui la surprenait avec sa sincère détermination.

Sonora se renfonça sur sa chaise et devint pensive.

— Eh bien, il ne manquait plus que ça. Même si... je me demande...

Elle sortit son téléphone, mais avant de l'allumer, elle s'excusa.

— Veuillez m'excuser d'être impolie pendant une minute. Je pense que je sais qui pourrait avoir une idée d'où se trouve votre étoile.

Brooke sentit une main se resserrer sur sa cuisse et lança un coup d'œil à Mack, qui essayait de cacher son sourire narquois.

— Elle est adorable, lui chuchota Brooke à l'oreille alors qu'elle regardait discrètement Sonora taper un message.

— *Tu* es incroyable, répliqua Mack. Je n'ai plus beaucoup

de temps avant de devoir aller à la caserne, mais j'ai une question.

— Balance.

— Peux-tu t'enfuir avec moi ce soir ? Je sais que je te demande ça à la dernière minute, et je sais...

Le cœur de Brooke bondit dans sa poitrine.

— Oui.

— ... ça pourrait être compliqué de t'arranger...

Il s'interrompit. Un grand sourire fendit son visage, il se pencha plus près et posa le front contre celui de Brooke.

— Tu travailles jusqu'à 17h00, continua-t-il. Peux-tu être prête à 17h30 ? Un sac pour la nuit, un maillot de bain, des vêtements confortables. Nous ajouterons nos bottes et du matériel d'urgence dans la camionnette, au cas où.

— Ça m'a l'air fantastique.

Ils seraient restés là à se sourire jusqu'à ce que Mack soit en retard pour son service et qu'elle-même rate le début de son travail et que ça commence mal avec son père en prime, sauf que Sonora annonça, mécontente :

— Eh bien, c'était une perte de temps. Il ne répond pas. Je vais devoir réessayer plus tard, mais je reviendrai vers toi, Mack.

— Merci, Sonora. J'apprécie.

Il embrassa Brooke rapidement puis bondit sur ses pieds, posant de l'argent sur la table pour régler le repas.

— C'est moi qui paie, Sonora. Et *toi*, je te verrai plus tard.

— Bye.

Brooke le regarda partir et dans ses veines coulait une satisfaction tranquille tandis qu'elle admirait sa démarche lente alors qu'il sortait.

— C'est un bel homme, dit Sonora doucement.

— Il est ça aussi, acquiesça Brooke.

Même pas une minute plus tard, la porte du café se rouvrit,

et une autre bourrasque d'air froid entra avec un autre bel homme, Ashton Stewart.

Brooke appréciait son esprit vif et ses gentilles attentions depuis de nombreuses années. L'ami de son père venait fréquemment leur rendre visite. Il faisait pratiquement partie de la famille, d'une certaine manière, et c'était pour ça qu'elle avait trouvé à la fois amusant et horrifiant de découvrir que ses amies considéraient qu'Ashton était un spécimen de l'espèce des cow-boys très sexy, bien que plus âgé.

Les filles le considéraient comme un parfait exemple d'homme qui avait bien vieilli. Tansy l'avait qualifié « d'exceptionnel faux-filet juteux » jusqu'à ce que Rose signale que ce n'était pas politiquement correct.

« Bœuf Angus de choix » n'était pas passé non plus.

Mais ce matin-là, sa mâchoire carrée et ses yeux gris acier n'affichaient pas son habituelle bonne humeur. Là, il ressemblait davantage à un ours qui aurait été poussé à sortir de sa tanière et qui n'en était pas ravi.

Il traversa la pièce d'un pas lourd pour s'arrêter près de leur table, jeta un coup d'œil à Brooke et hocha rapidement la tête vers elle avant de lancer un regard noir à Sonora.

— As-tu perdu la tête, femme ?

Sonora lui rendit son regard glacial avant de détourner délibérément la tête et de boire son café.

— Non, pas la dernière fois que j'ai vérifié.

Ashton s'assit sur la chaise que Mack avait libérée.

— Quand je te propose de t'emmener en ville, je m'attends à ce que tu sois là où je t'ai déposée et que tu me laisses te conduire partout où tu veux aller.

— Je ne suis pas un chien à qui tu peux ordonner de ne pas bouger, Ashton. Si tu ressens le besoin de t'entraîner au dressage canin, passe au refuge.

Elle plissa ses yeux vifs.

— Ou peut-être pas. Tu les agacerais tous puis tu t'en irais.

Ashton se raidit davantage.

Brooke but le reste de son café au chocolat et regarda la conversation avec un immense amusement. Elle avait toujours soupçonné que quelque chose couvait entre eux, mais il semblait que la relation avait atteint un stade orageux.

Le vent soufflait assez fort contre la devanture pour faire trembler le double vitrage, et la neige s'écrasait contre le bâtiment comme par enchantement.

Depuis le court moment où elle était arrivée au café, la journée froide, mais dégagée avait disparu. Le temps avait tourné. Une autre tempête, imprévisible et violente.

— Waouh, ça n'a pas l'air très sympa, analysa Brooke en reculant de la table pour regarder dehors.

Le blanc estompait les bâtiments de l'autre côté de la rue.

— C'est pour ça que je ne voulais pas que tu t'éloignes.

Ashton avait grondé les mots, mais ensuite il parla plus doucement. Son regard sur Sonora tenait moins du rayon laser et davantage d'inquiétude transparaissait.

— Tu sais que dans ce territoire les tempêtes arrivent rapidement et sans crier gare, continua-t-il. Et si tu avais encore été dehors à marcher quand elle est arrivée ?

— J'aurais marché plus vite.

Mais Sonora lança un coup d'œil derrière Ashton par la fenêtre, et ses joues rouges pâlirent.

Ashton prit une brusque inspiration et la retint pendant un instant, comme s'il luttait pour garder le contrôle. Il le retrouva assez vite, se tourna vers Brooke et cacha presque la secousse de sa tête et le léger roulement de ses yeux sous la frustration.

— Je présume que c'est toi qui poses des questions sur l'étoile ?

— Mack et moi, oui. Savez-vous où elle est ?

Ashton se frotta la mâchoire.

— Peut-être. Je dois passer quelques coups de fil, mais si je la trouve, je t'appellerai.

— N'en parlez pas à papa, demanda-t-elle. Nous essayons d'en faire une surprise.

Ashton hocha la tête puis les regarda l'une et l'autre.

— Prenez votre temps, mesdames. Je vous conduirai toutes les deux là où vous devez aller quand vous aurez terminé.

Sonora pinça les lèvres, mais ne se plaignit pas.

Brooke non plus… cela ne serait pas une partie de plaisir de marcher dans ce temps neigeux, et plus vite elle arriverait au garage, plus vite elle pourrait préparer son sac pour être prête quand Mack arriverait.

Le travail s'éternisa. Il n'y eut que quelques appels pour le distraire, même si Mack accompagna les Techniciens d'Urgence dans ce qui était le plus répandu et urgent dans une petite ville : des appels de soins à domicile.

La troisième fois qu'il aida à relever un membre âgé de la communauté de son allée enneigée, Mack passa de jurer contre la météo à se demander ce qui faisait que les hommes défiaient la nature de manières stupides.

— Attendez que la tempête s'arrête, avertit-il le vieil homme qui avait essayé de déblayer la neige qui s'accumulait et s'était poussé jusqu'à l'épuisement.

Dieu merci, il n'avait pas fait de crise cardiaque.

— Si elle est trop profonde pour pouvoir bouger, vous avez des voisins avec des adolescents. C'est une bonne chance pour eux de développer des muscles.

— J'essaie de développer les miens, râla l'homme avec bonhomie.

Mais il promit.

La tempête hurlait comme une créature sauvage. Seuls les gens qui n'avaient pas entendu les avertissements météo avaient été assez idiots pour aller travailler. La plupart avaient abandonné à midi. Au milieu de l'après-midi, les gens qui s'aventuraient encore dehors étaient des retardataires qui fermaient leurs boutiques désertes, parce que quatre jours avant Noël ou pas, Heart Falls s'était transformée en ville fantôme.

Par endroits il y avait désormais un mètre vingt d'épaisseur de neige, le vent se calmant pour permettre aux piles de s'accumuler en paix. Mack n'osa pas penser à l'escapade à l'hôtel qu'il avait prévue avec Brooke. Y penser pourrait leur porter la poisse, et il ne pourrait pas supporter la pensée de devoir attendre plus longtemps.

Il allait faire sa demande avant Noël, quoi qu'il arrive. Il *fallait* que ça se produise. Il avait besoin de savoir qu'elle était à lui.

17 heures sonnèrent enfin. Mack avait déjà préparé son sac, et il traversa la cuisine en direction de sa camionnette et d'une nuit de liberté qui pourrait changer sa vie pour toujours.

— Tu as l'air trop heureux, le taquina Alex. Je suppose que tu ne veux pas échanger nos services. J'en ai deux d'affilée. Tu peux me remplacer à six heures.

— Tu as plus besoin de ton sommeil réparateur que moi, dit Mack d'un ton pince-sans-rire.

Alex devint sérieux.

— Mon Dieu, espérons que ce sera une nuit tranquille. Ça va être l'enfer de s'occuper d'urgences avec cette neige.

— Avec un peu de chance, elle a commencé assez tôt pour que la plupart des gens soient restés chez eux.

Mack fit ses adieux puis descendit les escaliers. Son sac dans la camionnette, il s'assura qu'il avait une trousse d'urgence juste au cas où, puis alla chez Brooke.

Le chasse-neige passa en cliquetant et l'homme derrière le volant agita distraitement la main vers Mack au passage. Maintenir une route dégagée entre Main Street, la nationale et l'hôpital était vital. Mack ne lui enviait pas la tâche sans fin que cela allait être dans ces conditions.

Cependant, cela rendait possible d'aller au garage. Mack ne réfléchissait probablement pas correctement – OK, il ne réfléchissait absolument pas correctement – parce que ce qu'il aurait dû faire, c'était appeler pour annuler, mais bon sang, il ne pouvait pas s'y résoudre.

Il avait des pneus neige, un véhicule avec une garde au sol élevée, et il connaissait les routes dans la région comme sa poche. Plus d'un an à rouler dans tous les coins signifiait qu'il était à l'aise pour aller partout.

Lorsqu'il se gara sur la place devant le garage, les pneus protestèrent, crissant sur la lourde accumulation de neige. Il laissa le véhicule tourner, entra dans le garage et trouva un silence complet.

Gary et Brooke géraient eux-mêmes le garage avec seulement quelques ouvriers durant la haute saison, alors ce n'était pas inattendu. Mais c'était sinistre. Le silence complet signifiait que chacun des pas de Mack résonnait bruyamment alors qu'il avançait vers la porte intérieure qui menait à l'étage.

Brooke en sortit brusquement, un sac en toile à la main. Ses joues étaient roses, ses cheveux bruns recouverts d'un bonnet rouge vif.

— Je suis prête.

Il l'attrapa alors qu'elle se projetait vers lui avec enthousiasme.

— En effet, tu m'as l'air prête.

Elle plissa le nez.

— Ce n'est pas joli dehors. Je ne veux pas annuler, mais tu dois décider si tu es à l'aise pour conduire.

— Ça ira. Nous n'allons pas loin.

En vérité, c'était la seule raison pour laquelle il persévérait. Peu importe l'importance de tout ça, il ne risquerait pas la sécurité de Brooke.

Le sourire de celle-ci redoubla.

— Alors allons-y.

Mack lança son sac à l'arrière de la cabine, puis l'aida à monter sur le siège passager.

— Boucle ta ceinture de ce côté, juste pour que l'on soit sûrs.

— Oui, cap.

Après avoir fait rapidement le tour et s'être lui-même assis, la ceinture de Brooke était bien serrée et elle avait mis la musique en route. Il fit marche arrière lentement, et même si la neige continuait à s'accumuler, elle tombait plus légèrement.

— La tempête pourrait bien passer, dit Brooke alors qu'il dirigeait la camionnette vers la route principale. Peut-être que les météorologistes se trompent et que ce ne sera rien d'énorme. Enfin, ça fait beaucoup de précipitations en peu de temps, mais moins de douze heures de neige, ce n'est pas la tempête de la décennie.

— Il se peut qu'ils se soient trompés, répondit Mack en tournant lentement le volant sur la droite, se préparant à sortir du parking. Qui sait avec les...

Un éclair brillant se déclencha au loin. Blanc, puis rouge et jaune, avec un nuage noir qui s'élevait en volutes de là où ils se dirigeaient. Une énorme détonation frappa la camionnette un instant plus tard lorsque le son de l'explosion les rattrapa, et l'horreur traversa Mack.

— Oh, mon Dieu, est-ce que c'est la station-service Exxon sur la nationale ? demanda Brooke en se penchant en avant sur son siège.

Mack était sur le point de répondre quand son téléphone

sonna. Simultanément, les alarmes de sa camionnette se déclenchèrent, celles reliées au standard de la caserne.

Il lança un coup d'œil à Brooke, dont le visage était devenu blanc sous l'effroi.

— Je dois répondre.

Mack tira le frein à main et décrocha. Il écouta le rapport du 911 avec horreur.

C'était grave.

— Quelqu'un a raté un virage et a traversé la devanture de la station-service il y a quelques minutes. Ça a dû déclencher une réaction en chaîne. La voiture n'a pas explosé, mais ils soupçonnent une rupture d'un tuyau de gaz.

— J'espère qu'il n'y avait pas beaucoup de monde sur place, dit Brooke, les yeux écarquillés. Le restaurant...

La poussée d'adrénaline familière que Mack ressentait dans ces circonstances montait. Même s'il avait la soirée de libre, ce n'était pas le moment de laisser tomber ses coéquipiers.

— Je suis désolé, je dois y aller.

Il voulait rassurer Brooke, mais elle avait déjà défait sa ceinture de sécurité et se penchait pour pouvoir l'embrasser férocement. Elle sortit de la camionnette un instant plus tard.

— Sois prudent.

C'était un ordre, le regard de Brooke était direct et intense alors qu'elle tenait la portière ouverte.

— Je sais qu'ils ont besoin de toi, ajouta-t-elle.

Il attendit qu'elle soit rentrée sans encombre avant de passer la première et d'appuyer sur l'accélérateur. Il se rendit à la caserne où il pourrait être le plus utile, aider le plus de gens.

Mais son cœur était resté au garage, grimpait les escaliers et cherchait probablement déjà sur Google pour voir ce qui s'était passé. Les pensées de Brooke seraient centrées sur lui et sa sécurité.

Mack se concentra. Ce n'était pas ce qu'il avait espéré, mais s'il voulait revenir pour pouvoir aller jusqu'au bout de son plan la prochaine fois qu'il verrait Brooke, il devait être attentif.

Alors même qu'il roulait à une allure régulière vers le danger, il voulait être sûr de rentrer chez lui. Être blessé maintenant était la dernière chose qu'il voulait.

Brooke pour toujours, ça valait la peine d'être prudent.

10

Le matin se leva très différemment de ce que Brooke avait espéré. Au lieu d'être lovée au lit contre Mack après une soirée très satisfaisante, elle était chez elle à écouter son père cogner dans la cuisine.

Elle regarda fixement le plafond et essaya de recalibrer sa journée en appréciant sa chance.

D'abord, Mack avait envoyé un e-mail à cinq heures pour l'informer qu'il était en sécurité et de retour à la caserne, et pour l'avertir qu'il allait probablement passer une bonne partie de la journée à dormir, mais qu'il prendrait contact dès qu'il serait levé. Avec le recul, c'était essentiellement en haut de sa liste.

Elle ne lui en voulait pas que leur soirée ait été annulée. Être disponible en cas d'urgence faisait partie de son travail, et de ce qu'elle avait découvert dans ses recherches, le feu avait été sérieux. Heureusement, avec la tempête il n'y avait pas eu beaucoup de gens dans l'édifice, mais il y avait eu des blessés.

Quel tournant horrifiant dans les préparatifs de Noël.

Pourtant, il n'y avait eu aucun mort de signalé et être vivant était une bonne alternative.

Aussi du bon côté... la tempête s'était arrêtée. La météo rude les avait tous trompés en étant intense, mais brève, et même s'il y avait d'énormes empilements de neige partout, le soleil brillait d'une intensité presque violente et la température était quasiment au-dessus des gelées au lieu du froid glaçant qu'ils avaient eu quelques jours auparavant.

Elle se glissa dans la cuisine et s'approcha furtivement de son père.

— Hé, papa. Tu as fait assez de café pour moi ?

— Jamais, la taquina-t-il. De plus, il vient de la cafetière, ce n'est pas ce truc compliqué que prépare ton amie Tansy. Je pense que tu ne devrais même pas essayer d'en boire une tasse.

Elle lui enfonça son doigt dans les côtes. Il émit un son moqueur et se déplaça hors de son chemin pour qu'elle puisse atteindre les tasses.

Que son père soit visiblement aussi content la rendait également heureuse.

— Tu es guilleret ce matin, dit-elle d'une voix traînante. Combien de tasses de cet affreux breuvage as-tu déjà consommées ?

— Seulement deux.

Il remplit de nouveau sa tasse puis souleva la brique de lait qui était la source de sa joie.

— J'adore la saison du lait de poule, ajouta-t-il.

— Profites-en pendant que tu le peux, dit-elle en s'installant à table et en réfléchissant à ce qu'elle pourrait faire pour passer le temps.

Le dimanche voulait dire qu'elle avait la journée de libre, mais il n'y avait aucune garantie que Mack soit prêt à faire quoi que ce soit avec elle.

Son père tourna les pages de son agenda.

— J'ai peut-être parlé trop vite quand j'ai dit que le boulot ralentissait. Nous avons prévu du repos pour les fêtes, mais demain nous sommes complets.

— C'est bien, dit Brooke. Ça veut dire que je pourrai me permettre de retourner au magasin et acheter une boîte de Peek Freans pour accompagner le lait du Père Noël.

Son père émit un petit rire.

— Prends ceux avec le fourrage à la fraise. J'ai entendu dire qu'il aime ceux-là.

Elle le rejoignit dans son rire, mais un filet de tristesse s'y glissa avec son amusement. S'approvisionner en biscuits achetés en magasin était sur sa liste « abandonne, nous sommes désespérés », et elle se rapprochait rapidement de cette date. Elle n'avait toujours pas réussi une fournée de biscuits de la recette de sa mamie qui se rapprochait ne serait-ce qu'un peu des originaux.

Oubliez ça. Elle n'avait pas encore fait un biscuit à partir de cette recette qui soit *comestible*, inutile de parler de se rapprocher de cette parfaite saveur à l'ancienne. Leurs pâtisseries de fête allaient être réduites à un short-cake et des crèmes aux fruits sortis d'une boîte.

Elle se força à sourire et leur prépara le petit déjeuner.

Quand Mack ne répondit pas à son message – il dormait probablement encore – Brooke prit la décision de retirer de sa liste certaines choses à faire.

— Tu penses que les routes sont assez sûres pour conduire ? demanda-t-elle après avoir lavé son assiette.

Son père hocha la tête.

— Je pense que la tempête ne voulait pas faire partie des records. Le chasse-neige a déjà tout dégagé en ville, et Ashton a appelé pour dire qu'ils n'étaient pas enterrés trop profondément à Silver Stone.

— Bien, parce que je pensais m'y rendre, ainsi qu'à quelques autres endroits.

Le bonheur gonfla dans sa poitrine.

— Je dois déposer des cadeaux pour mes amies, parce qu'ils n'étaient pas prêts lors de notre dernière réunion.

— Ça ira, lui dit son père avant de marquer une pause. Tu as eu des nouvelles de ton gars ?

— En dehors de son message disant qu'il allait bien tôt ce matin, non, rien.

Elle n'avait pas la capacité nécessaire pour taquiner son père qui évitait de prononcer le prénom de Mack.

Son père grogna, puis s'éloigna, marmonnant à lui-même :

— Le sol est froid. Je dois aller enfiler des chaussettes plus épaisses. À plus tard.

Brooke se tournait déjà pour se préparer quand il la prit de court en parlant de nouveau.

— Peut-être que tu devrais passer voir comment il va.

— Il, qui ?

— Ton gars.

Son père marqua une pause dans l'embrasure de la porte menant à son côté de l'appartement, son expression était pensive lorsqu'il croisa son regard.

— Ça a dû être une nuit difficile. Il aimerait probablement te voir.

Waouh. Brooke était sans voix.

C'était une bonne chose que son père ne semble pas attendre de réponse. Il avait dit ce qu'il avait à dire puis il se retourna et s'éloigna, la laissant stupéfaite.

Eh bien, c'était...

Waouh.

Quelque chose de chaud et plein d'espoir se trouvait derrière son sternum. Tel un four mis à préchauffer, une lueur apparut en elle.

La sensation joyeuse ne fit que grandir alors qu'elle traversait la ville, déposait ses cadeaux pour Tansy et Rose, puis prenait la direction de Silver Stone parce qu'elle pouvait y laisser quatre cadeaux et saurait qu'ils arriveraient jusqu'à leurs destinatrices.

Elle avait connu Kelli Stone quand elle était encore Kelli James, et il aurait été plus logique d'aller chez elle de l'autre côté du Big Sky Lake, mais le rassemblement de véhicules devant la maison principale de Silver Stone racontait une histoire à lui seul.

Brooke se mit à rire et identifia la flotte de camionnettes grâce aux nombreuses fois où elle avait travaillé dessus. Elle se gara sur une place vide et sortit son téléphone pour envoyer un message à son amie.

Brooke : Vous avez une réunion de famille avec quelques jours d'avance ?

Kelli : Es-tu un des elfes du père Noël qui sait et voit tout ?

Brooke : Non, je ne suis pas un de ces elfes flippants sur les étagères. Je suis dehors et sur le point de suggérer que vous investissiez dans des parts de goudron. Votre parking va rivaliser avec celui d'un hypermarché Walmart si vous ne faites pas attention.

Kelli : LOL. Entre. Nous ne faisons rien d'officiellement familial en dehors de rassembler les enfants. En bonus, il reste du bacon du petit déjeuner.

Brooke : Juste une minute. J'apporte des cadeaux.

Kelli : Tu mérites vraiment du bacon.

Brooke attrapa son sac volumineux sur le siège passager et s'engagea sur l'allée dégagée vers la porte de derrière.

Silver Stone était situé dans une partie magnifique des contreforts, et avec l'épaisse couche de neige qui était tombée, tout était immaculé et beau comme une carte de vœux de Noël.

À l'intérieur de la maison se trouvait un chaos chaleureux. Les rires des enfants résonnaient et l'odeur du sirop d'érable et du bacon flottait lourdement dans l'air. Brooke lança un coup d'œil vers le salon et remarqua l'essentiel de la famille Stone qui se détendait sur les canapés et les fauteuils devant la cheminée. En dehors de deux cartes de Noël sur le manteau, il n'y avait aucun signe d'un sapin de Noël ou d'autres décorations.

— Hé.

Son amie Kelli l'étreignit fort avant de reculer et de devenir sérieuse.

— Mack va bien ? Nous avons entendu parler de l'incendie.

— Il va bien, répondit Brooke.

Kelli poussa un lourd soupir.

— Bien. Je me suis inquiétée quand Ashton a raconté qu'une rumeur circulait au café que quelques-uns des pompiers avaient été blessés.

Brooke lutta pour s'empêcher de se raidir. Est-ce que Mack allait vraiment bien ? Il lui aurait dit si ce n'avait pas été le cas.

N'est-ce pas ?

Elle força ses lèvres à sourire et avança.

— Je ne vais pas rester longtemps. J'ai des cadeaux...

Elle ralentit et réfléchit soigneusement à ses paroles. Emma Stone, qui n'avait que neuf ans, arrivait à portée de voix.

— Certains de ma part et d'autres que le père Noël a déposés pour qu'on les mette en lieu sûr.

Les yeux de Kelli brillèrent d'amusement.

— Nous pouvons nous occuper de ceux-là.

Tamara Stone approcha avec Tyler, huit mois, sur sa hanche.

— Je ne t'ai pas vue depuis un moment, dit-elle en se penchant pour l'étreindre d'un bras. J'ai un ornement sur le corps aujourd'hui. Le petit a un peu de température, alors il est en mode super-câlin.

— Pauvre petit.

Brooke lui ébouriffa les cheveux sur le dessus de la tête avant de sortir le plus gros cadeau du sac et de le tendre à Tamara.

— Pour toi, continua-t-elle. Je l'ai acheté en accord avec notre code de nanas.

— Un attrape-poussière ? Utile, mais que tu n'utilises plus ?

— Ouvre-le et regarde, ordonna Brooke.

Tyler choisit cet instant pour tendre les bras vers Brooke. Ce fut comme ça qu'elle se retrouva avec un bébé dans les bras, qui transpirait légèrement pendant que Tamara se dépêchait de s'occuper de l'objet en forme de boîte enveloppé dans du papier journal.

— Tu déconnes.

Le plaisir résonnait dans la voix de Tamara. Elle se tourna vers Brooke et repoussa délibérément sur lunettes sur son nez. Vert pâle ce jour-là, elles étaient assorties à la couleur de son pull.

— C'est un présentoir à lunettes, continua-t-elle.

— Ils se débarrassaient de l'ancien chez l'opticien, et j'étais au bon endroit au bon moment, expliqua Brooke en rapprochant Tyler un peu plus près d'elle. J'espère qu'il y aura la place pour toute ta collection.

— J'adore. Merci.

Tamara la serra fort, et dans le tourbillon d'activité qui suivit, Brooke se retrouva à suivre le mouvement, toujours en possession du petit Tyler.

Ça ne semblait pas le déranger. Ses grands yeux l'examinaient attentivement, puis il posa la tête sur sa poitrine et se détendit, regardant l'activité dans la pièce avec un vague intérêt.

Brooke trouva une place sur un côté du canapé, contente de regarder elle-même l'action tandis que Tyler s'endormait. Il y avait des conversations et on travaillait sur un puzzle dans un coin de la pièce. Kelli et Tamara étaient retournées dans la cuisine rejoindre Lisa Coleman, qui mélangeait vigoureusement quelque chose dans un saladier, son petit terrier se promenant dans ses pattes d'un air protecteur.

Il y avait deux adultes qui jouaient aux cartes, et deux autres qui jouaient au Jenga avec Sasha, la plus âgée des enfants.

Deux enfants passèrent précipitamment, puis deux autres suivis par leur oncle le plus jeune qui rugissait comme un ours. De la musique jouait, des voix portaient en petits groupes, et ils semblaient tous heureux qu'elle soit là, mais aucun d'eux ne semblait s'inquiéter de devoir s'occuper d'elle.

C'était... la famille. Pas comme celle dans laquelle elle avait grandi, mais elle s'y sentait à l'aise cependant. Pourtant, alors que Tyler émettait un petit roucoulement et se rapprochait encore d'elle, quelque chose dans le cœur de Brooke se serra.

Elle finit par rester pour la matinée, savourant la joie alors qu'une touche d'inquiétude continuait à la triturer. Elle leur dit au revoir juste avant le déjeuner, évitant de se joindre à eux pour le repas.

Brooke était presque arrivée à sa camionnette quand une main qui s'agitait attira son attention.

— Yvette ?

Sa nouvelle amie s'arrêta brusquement, respirant lourdement après avoir piqué un sprint depuis les écuries.

— Si tu vas en ville, peux-tu m'y emmener ?

— Pas de problème.

Sur la nationale, Yvette expliqua :

— Je suis venue avec Josiah pour m'occuper d'une tâche. Comme ça il peut rester au lieu de me ramener chez moi puis de devoir faire demi-tour pour refaire tout le trajet.

— C'est judicieux. Tu veux que je te dépose à ton appartement ?

— Non, la résidence pour seniors, s'il te plaît. J'ai promis à mormor et morfar que je passerais.

Ce n'était pas une mauvaise idée.

— Je peux me joindre à toi ? demanda Brooke.

Mack ne lui avait toujours pas envoyé de texto, et elle avait besoin d'une distraction avant qu'elle finisse par filer là-bas et exiger de l'inspecter de la tête aux pieds.

— Et pourquoi pas un déjeuner d'abord ? C'est moi qui offre.

Yvette accepta et elles allèrent au Buns and Roses prendre un rapide repas, se détendant et s'amusant en même temps, parce qu'Yvette avait envie d'apprendre tout ce qu'elle pouvait sur Heart Falls. La conversation allait bon train, naturellement.

Cela rappelait beaucoup à Brooke les premiers temps quand elle sortait avec Mack. Cela avait été facile aussi. Comme s'ils étaient faits pour être ensemble et avaient entamé une routine sans même avoir eu à essayer.

De riches amitiés comme celles-là n'étaient pas une chose que l'on pouvait prendre pour acquise.

La résidence était entièrement décorée à l'intérieur, mais Brooke sourit à la pensée de la mission de Mack pour le lendemain. Ils avaient offert les décorations rénovées à la Résidence, les installeraient puis les retireraient gratuitement une fois que les fêtes seraient terminées, et le directeur avait été ravi. Mack et Ryan avaient promis de les installer lundi.

S'il était d'attaque pour. S'il n'avait pas été blessé et n'était pas en cet instant au lit à souffrir...

Brooke se surprit à froncer les sourcils. Elle s'assura de cacher son inquiétude tandis qu'Yvette et elle se dirigeaient vers la chambre de Geraldine et Floyd.

Elles n'eurent même pas à aller aussi loin. Floyd n'était pas là, mais Geraldine était assise au milieu de la salle commune, à tricoter lentement, mais sans s'arrêter.

Elle leva les yeux quand elles s'assirent.

— Eh bien, en voilà une bonne surprise.

— J'ai terminé le travail pour aujourd'hui, dit Yvette en embrassant sa grand-mère sur la joue. Où est morfar ?

— Il dérange les cuistots. Il cherche encore des biscuits, répondit Geraldine en posant les mains sur son tricot. Quand il oublie quelque chose, il l'oublie complètement, mais pour une raison étrange, il reste fixé sur cette requête.

— Les sablés aux amandes et au caramel mou sont importants, dit Yvette sérieusement.

Geraldine fit un geste pour acquiescer, comme s'ils étaient de la plus haute importance. Puis elle se tourna vers Brooke.

— Comment est-ce que ton jeune homme s'en sort avec... ?

Elle écarquilla les yeux, toussa plusieurs fois, ramassa son tricot et essaya distraitement de changer de sujet.

— J'ai entendu dire qu'ils ont prévu du jambon *et* de la dinde pour le jour de Noël.

Brooke la regarda avec suspicion, mais laissa couler ce qu'elle gardait secret.

— On dirait une multitude de bénédictions.

— La nourriture est habituellement bonne, mais ils travaillent très dur pendant les fêtes, révéla Geraldine. Et il y aura la messe pour ceux qui aiment ça et des cadeaux pour tout le monde. Ce que je préfère ce sont les chansons, même si je suis loin d'être aussi douée que Floyd. C'est lui qui a la voix d'un ange.

— Chanter était une activité que nous faisions souvent quand j'étais petite, dit Yvette.

Brooke se rapprocha.

— Ce n'est certainement pas un de mes talents, même si j'ai des chansons préférées parmi celles que ma grand-mère nous a apprises.

L'inspiration la frappa, et elle sortit son téléphone et trouva la chanson qu'elle avait ajoutée à ses favoris sur YouTube. Elle la lança, et la chose la plus incroyable se produisit.

Les yeux d'Yvette s'illuminèrent et elle commença à fredonner.

Geraldine, elle, commença à chanter d'une voix qui tremblait légèrement, mais elle avait les joues roses et souriait en accompagnant le soliste.

Quand la chanson se termina, Brooke avait l'impression qu'elle devrait lui faire une standing ovation.

— C'était magnifique, Madame Wright.

Celle-ci hocha la tête.

— C'est une partie de Noël que j'apprécie. Tu devrais jouer ça pour Floyd. Cela lui ferait très plaisir.

Des idées bouillonnaient, mais Brooke tint sa langue jusqu'à ce qu'elle ait une chance de parler à Mack. Mais ça, elle pouvait le promettre.

— Je veillerai à ce qu'il ait une chance de l'entendre.

Elles restèrent encore un moment. Brooke regarda son téléphone de nombreuses fois, mais il n'y avait toujours pas de message de Mack. Quinze heures arrivèrent et elle ne pouvait plus le supporter. Elle fit ses adieux puis s'esquiva et prit la direction de la caserne.

L'odeur de la fumée était plus forte que d'habitude, et ses

pieds allèrent plus vite sans se forcer, se précipitant dans les escaliers vers la salle à manger.

Brad était là, discutant sérieusement avec deux membres de l'équipe. Il ne se leva pas de table, parla bas, resta concentré. Elle ne voulait pas l'interrompre, mais elle devait savoir...

Comme s'il avait lu dans ses pensées, Brad marqua une pause et croisa son regard. Il sourit, puis inclina la tête vers le dortoir.

— Il a dit qu'il y retournait pour se reposer.

Brooke maintint sa foulée à deux doigts de la course, mais atteignit la chambre de Mack en deux temps, trois mouvements.

Il n'était pas là.

Les draps étaient froissés, et les lumières tamisées, et elle était sur le point d'aller en mission de recherche quand un corps chaud arriva contre elle par derrière, la poussant dans la pièce pour pouvoir fermer la porte et l'étreindre étroitement.

Elle le serra aussi avant de le lâcher juste assez pour lever les yeux...

— *Mack.*

Les lèvres de celui-ci s'incurvèrent.

— C'est une simple blessure superficielle.

— Tu as dit que tu n'étais pas blessé.

Brooke leva une main vers sa tête où un bandage blanc ressortait vivement sur sa peau bronzée. Elle hésita avant d'entrer en contact, son estomac se noua sous l'inquiétude.

— Hé.

Il lui attrapa les doigts et lui embrassa les phalanges.

— Ça va, bébé. Vraiment. C'était stupide... j'avais enlevé mon casque pendant que je prenais une pause, et je me suis trop rapproché d'un mur. Je suis plus gêné que blessé. Ça a juste enlevé un peu de peau, mais les blessures à la tête saigne de manière plus impressionnante qu'ailleurs. C'est la seule raison pour laquelle j'ai ça.

Il tapota le rembourrage en coton.

Le cœur de Brooke s'emballait toujours. Elle l'examina rapidement, cherchant d'autres signes extérieurs qu'il lui cachait quelque chose.

— Tu aurais dû me le dire.

— J'allais le faire. Dès que je t'aurais vue en personne, pour que tu ne commences pas à imaginer toutes sortes de scénarios catastrophes.

Il passa les bras autour d'elle et l'embrassa rapidement.

— Et c'est maintenant. Hé, bébé, je ne me suis pas baissé assez vite, mais mon cerveau est encore au bon endroit. Tout va bien.

Il était difficile de rester crispée quand il la serrait tout contre lui, mais il y avait un nœud en elle qu'elle n'avait pas senti avant.

— Il y a ce truc qu'on appelle un téléphone...

— Une super invention. Ils doivent simplement en fabriquer un qui soit à l'épreuve des Mack.

Il pencha la tête pour pouvoir la regarder dans les yeux.

— Si la cuisine est ta kryptonite, les téléphones sont la mienne. Il a été écrasé quand je me suis dépêché de faire la transition vers le camion de pompiers hier soir.

C'était pour ça qu'il lui avait envoyé un e-mail. Probablement depuis l'ordinateur de bureau de la caserne.

— J'ai appelé, mais je suis tombé sur ta messagerie. Honnêtement, je me suis réveillé il y a à peu près une heure.

Il la mena vers le matelas puisque c'était le seul endroit où s'asseoir en dehors de la seule chaise dans le coin.

— Mais je suis content que tu sois là.

Mack s'installa sur le lit et l'attira sur ses genoux. Il refusait de la laisser aller où que ce soit, en dehors de tout contre lui.

Brooke s'appuya contre lui de la même manière que Tyler l'avait fait avec elle plus tôt dans la journée. Elle passa lentement la main sur la joue de Mack, puis la baissa sur l'avant de son t-shirt criminellement doux. Sa respiration était régulière et constante, mais la tension dans son torse lui faisait penser qu'il n'était pas complètement dans l'instant présent.

— Tu veux en parler ?

Il hésita, puis hocha la tête.

— C'était grave. Les choses se sont embrasées violemment et rapidement. Le gamin dans la voiture a à peine dix-neuf ans. Il est vivant, et du fait d'étranges circonstances, il a des fractures, mais pas de brûlures. Il a simplement perdu le contrôle dans le virage et n'a pas pu s'arrêter.

— Ils ont des bornes en ciment devant les vitres, chuchota Brooke. Elles sont censées empêcher les voitures d'emboutir la station.

— Elles fonctionnent quand la neige ne fait pas deux fois leur taille et ne fait pas glisser. C'était un incroyable hasard. Tout était au mauvais endroit au mauvais moment. Quelqu'un était en train de déplacer une bonbonne de gaz, et a naturellement flippé en voyant une voiture filer vers lui. Les connecteurs se sont détachés et la compression a lâché.

Mack s'appuya sur le lit et attira Brooke le long de son corps. Suffisamment loin pour qu'il puisse regarder son visage.

Il repoussa les cheveux de Brooke derrière son oreille, son regard s'adoucissant.

— Nous avons sorti tous les occupants. L'équipe a été géniale et Fort MacLeod a envoyé une ambulance, alors ça a été effectué aussi vite que possible. Mais en fait, ça a été d'une lenteur d'escargot à cause de la neige. Le feu... restait omniprésent.

Brooke posa les mains sur son torse et le caressa. Elle le

caressa et souhaita qu'il révèle ce dont il avait besoin. Elle voulait arranger ça.

L'expression de Mack s'éclaira.

— À la vérité, en dehors du froid et de la neige et du feu et du feu d'artifice qui s'est déclenché vers trois heures du matin, c'était à peu près la routine.

— *Mack.*

Il l'embrassa, se pencha et prit ce qu'il voulait. Son corps dur glissa contre celui de Brooke puis au-dessus d'elle pendant un très bref instant. Elle ferma les yeux et le respira. Elle accepta son insistance et son besoin.

Puis il disparut, sortit du lit et lança un coup d'œil en arrière avec un sourire penaud.

— Tu changes mon bandage ? Je viens de me doucher et il est mouillé.

Il apporta le nécessaire sur le matelas et elle œuvra avec soin, apaisant les bords de la marque rouge irrégulière avec de la crème et offrant des murmures de compassion devant le bleu qui apparaissait.

— Tu n'as pas de commotion ?

— Ma tête est trop dure.

Elle enfonça doucement son doigt dans son épaule, et il lui accorda un grand sourire.

— Hé, c'est le technicien d'urgence qui a dit ça, pas moi. Mais c'est vrai. Ce n'est qu'une entaille.

Une fois qu'elle eut terminé, il se rassit sur le lit.

— J'ai dormi pendant presque toute la journée, mais je suis encore prêt à pioncer.

— Tu veux de la compagnie ?

L'expression de Mack s'éclaira, puis s'assombrit.

— C'est une zone sans amusement ce soir. Je ne suis pas...

Brooke appuya ses doigts contre ses lèvres et le repoussa sur le matelas.

— Nous n'avons pas souvent l'occasion de faire des câlins. Je ne vais pas me plaindre.

Mack émit un son d'approbation, puis se mit à bâiller.

— Désolé.

Elle se mit à rire doucement.

— Mets-toi à l'aise.

— Toi aussi.

Ses mots ralentissaient, son épuisement était visible. Brooke retira ses chaussures, son jean et son haut et vola le t-shirt de Mack à l'instant où il tomba de son torse. La tête de celui-ci reposait sur son biceps ferme et il la regardait les yeux mi-clos.

Brooke s'allongea près de lui et il attira sa jambe sur la sienne, posant la main sur sa hanche. Elle tira la couette sur eux, et ils se turent, face à face dans le noir presque complet.

Des petits bruits arrivaient d'autres parties de la caserne, mais ici, il n'y avait qu'eux.

Les cils de Mack se soulevaient et retombaient, sa respiration ralentissait.

— Je suis content que tu sois là, chuchota-t-il.

— Moi aussi.

Il s'endormit entre deux respirations, sa prise sur la hanche de Brooke se détendit, mais restait possessive.

C'était le milieu de l'après-midi, alors Brooke était loin d'être prête à dormir. Mais c'était la douleur de son cœur qui faisait tourbillonner son esprit. Même si elle n'avait rien fait de mal, quelque chose n'allait toujours pas, sérieusement.

— J'aurais aimé être là pour toi ce matin.

Elle avait chuchoté son aveu.

Oui, il lui avait dit qu'il avait dormi pendant presque toute la journée, mais cette stupide existence où être séparés l'un de l'autre était la norme... cela voulait dire qu'elle ne l'avait pas su, qu'elle n'avait pas su qu'il était blessé, qu'elle n'avait pas été là pour voir qu'il souffrait intérieurement.

Elle ne regrettait pas sa journée incroyable parce qu'elle y avait aperçu ce qu'elle voulait dans sa vie, des morceaux d'un futur ailleurs qui pourrait être *à eux*, avec une famille, des amis, des rires et de l'amour.

L'endroit où ils se trouvaient était un no-man's-land... ce n'était pas normal, et elle en avait assez de faire semblant du contraire. C'était cette partie qui était brisée et qui devait être arrangée.

— Je t'aime.

C'était un autre chuchotement.

Ce qui existait entre eux était quelque chose de tranquille qui était devenu si important qu'il menaçait de faire exploser son cœur de l'intérieur. Elle allait arranger ça. Ils devaient être réellement ensemble.

Brooke resta allongée dans le silence et observa son cœur dormir.

11

Ils avaient un public.

Non seulement ça, mais avec le groupe de seniors qui avait bravé le froid de ce lundi après-midi, Mack et Ryan avaient au moins une douzaine de superviseurs et de propositions.

C'était distrayant.

Ils se tenaient emmitouflés dans leurs manteaux, une meute compacte de regards âgés qui les toisaient avec grand intérêt.

— Plus sur la gauche, cria l'un d'eux alors qu'au même moment un autre suggérait davantage sur la droite.

Le calme inébranlable de Ryan montrait des signes d'usure, mais Mack s'éclatait. Installer les décorations à la Résidence pour Seniors de Heart Falls s'avérait être un énorme succès, pas seulement en termes d'utilisation des morceaux de souvenirs de la famille Silver, mais surtout dans le fait de rendre beaucoup d'autres gens heureux.

Quand il s'était réveillé ce matin-là, il n'avait pas été sûr que cela allait se faire. Ryan et lui avaient organisé les détails des décorations quelques jours plus tôt, mais soit la tempête, soit le feu aurait pu gâcher leurs projets.

Mais la tempête était passée, et même s'il faisait toujours froid, les cieux étaient de nouveau d'un bleu éclatant. Mack avait rattrapé ses heures de sommeil, même s'il était légèrement gêné d'avoir eu Brooke dans son lit et d'à peine se souvenir qu'elle ait été là.

En dehors de cette impression de paix qu'elle avait apportée... ça, il s'en souvenait très bien. Et l'inquiétude dans ses yeux devant sa stupide bosse à la tête. Il était déjà passé à un plus petit morceau de gaze, juste assez grand pour empêcher son bonnet de toucher l'écorchure.

Ryan et lui avaient dégagé des voies sur le toit pour créer des bases fermes pour les silhouettes en bois, mais par certains aspects la neige les aidait maintenant au lieu de les gêner.

Ryan se balança sur un côté, esquivant une boule de neige qu'un des seniors les plus actifs avait lancée dans sa direction.

— Hé. Pas de ça, ordonna-t-il. Nous sommes des volontaires qui travaillent dur, pas des cibles d'entraînement.

— Il existe cette chose appelée le multitâche. Vous pouvez être les deux en même temps, cria le fauteur de trouble.

Mais il épousseta la neige sur ses gants et recommença à flirter avec la femme au manteau d'un vert vif à côté de lui.

Un amusement léger était une bonne thérapie pour enrayer la lourdeur de Mack dans son cœur après l'incendie. Habituellement, il n'était pas morose en ce qui concernait son travail. Parfois, des malheurs arrivaient, il passait à autre chose et gérait.

Rater le moment prévu avec Brooke rendait ça plus difficile cette fois.

La deuxième partie de ce qui le dérangeait impliquait

l'inconvénient de travailler dans une petite ville. Cela avait été la même chose quand il avait été déployé comme pompier dans l'aviation. Cette petite ville et communauté signifiait qu'il savait qui avait été blessé par ce désastre. Ils étaient tous liés et n'étaient pas des visages sans nom dans une foule.

Mack avait rencontré la famille propriétaire de la station-service. Savoir que d'un seul coup ils avaient tout perdu... c'était un rappel effrayant de la vitesse à laquelle la vie pouvait changer.

Pourtant, en regardant les visages des gens en dessous de lui qui appréciaient le divertissement très ennuyeux de deux adultes qui posaient une silhouette de père Noël sur leur toit, Mack se souvenait que les petites joies étaient énormes.

Cela ne prenait pas longtemps pour faire passer une personne du contentement à la tristesse. Quand tout pourrait disparaître en un instant, vivre sa vie au maximum quand on en avait l'opportunité était la leçon la plus importante dont il devait se souvenir.

S'y était-il mal pris ? Il avait espéré rendre sa demande tape-à-l'œil et mémorable, mais était-ce ce qui comptait vraiment ?

Mack avait enfin atteint le stade où il pouvait se permettre de dire quelque chose sur ce qu'il ressentait et de pouvoir faire ce qui en découlerait. Bon sang, il avait été à deux doigts de le révéler la veille quand Brooke était là dans son lit, douce et généreuse. Il y avait eu de l'inquiétude et pourtant de la fierté aussi dans les yeux de Brooke.

Il l'aimait tellement. C'était ce qui comptait, n'est-ce pas ?

Quelque chose de glacé s'écrasa contre son cou, des fragments d'une boule de neige se brisant et s'effritant dans son col. Mack jura doucement puis jeta un coup d'œil à Ryan.

Avec le dos tourné et ses appuis instables, il était trop loin pour être le coupable.

Mack regarda la foule de seniors qui était encore assez téméraire pour rester à l'extérieur. Ils étaient maintenant regroupés comme une jolie meute de loups, se tenant mutuellement chaud. Son assaillant n'était pas l'un d'eux, à moins qu'il ne soit assez vif pour être retourné dans le groupe sans faire tomber les autres comme des dominos.

Il baissa tranquillement la main et ramassa de la neige, formant une boule parfaite.

Si la réponse n'était pas A, alors logiquement, ce devait être B...

Il était sur le point de lancer son missile à la tête de Ryan quand du mouvement révéla une veste en jean en peau de mouton qui passait lentement au bord de la haie entre la résidence et la maison vers l'ouest.

Soudain, Ashton Stewart s'avança, une innocence pure sur son expression. Il siffla tranquillement alors qu'il avançait d'un bon pas sur le trottoir avant de lever les yeux comme s'il était surpris de trouver Mack sur le toit.

— Eh bien, bonjour.

Mack haussa un sourcil.

— Quelle surprise de vous rencontrer ici. Vous êtes en promenade ?

— Je fais de l'exercice, oui.

Ashton salua Ryan de la main avant de se retourner vers Mack.

— J'ai des infos pour toi à propos de cet objet que tu cherches. Si tu laisses tomber les munitions que tu tiens, je t'en parlerai.

Au lieu de ça, Mack lança la boule vers le ciel, l'attrapa dans sa main plusieurs fois alors qu'il le foudroyait du regard.

— Peut-être que vous allez me dire ce que vous savez pour que je ne riposte pas. J'ai l'avantage.

Des boules de neige le frappèrent simultanément sur le

côté de la tête, l'épaule et le dos. Il se retourna et vit que les seniors avaient tiré avantage de son manque de concentration pour lancer leur attaque. Il remarqua aussi la raison pour laquelle ils lançaient comme des héros de base-ball malgré leur âge.

— Hé. Est-ce que ce sont des lanceurs de balles pour chien ? Où est le sport là-dedans ? râla Mack, amusé.

— Quand on a quatre-vingts ans, on a le droit d'utiliser tous les avantages qu'on veut.

Mack ne pouvait pas vraiment protester.

Ryan lui sourit en inclinant la tête sur le côté et il fit signe à Mack de le rejoindre.

— Nous avons pratiquement terminé. Descendons du toit pour devenir une plus petite cible.

Ils se retrouvèrent sur le trottoir près de la camionnette de Mack.

— Je vais y aller, dit Ryan. Talia sera prête à partir et nous irons à Black Diamond chez mes parents. Je serai de retour en ville pour mon service le jour de Noël.

Mack lui serra fermement la main.

— Joyeuses fêtes, et merci pour ton aide. On reste en contact.

Son ami s'éloigna.

Ashton s'appuya sur le côté de la camionnette et regarda Ryan descendre la rue d'un bon pas.

— C'est une bonne addition pour Heart Falls, dit-il.

C'était une pensée distrayante.

— Je suis là depuis moins longtemps que Ryan. Vous avez pris une décision à mon sujet ?

Ashton émit un petit rire.

— Je te l'ai déjà dit, tu es distrayant. Et tu es plein de mystères... j'ai eu un mal fou à retrouver la trace de l'étoile de Gary.

— Donc, vous avez trouvé qui l'a planquée ?

Il hocha rapidement la tête.

— Ce n'est pas l'endroit le plus facile à atteindre du comté.

Il expliqua la disposition du coin général à Mack, et même si l'endroit n'était pas loin de la ville, Ashton avait raison. Les routes d'accès étaient toutes de l'autre côté de la propriété pour éviter de passer par-dessus la rivière, ce qui rendait bien plus long un court trajet.

Mack admira le ciel bleu au-dessus d'eux, avec des nuages qui s'amassaient sur les montagnes.

— Vous pensez que le temps va être stable suffisamment longtemps pour que je puisse y faire un saut et la prendre ?

Ashton réfléchit et observa l'horizon avec un regard averti.

— Habituellement, quand ça commence à s'amasser comme ça, tu as au moins une journée avant que les choses changent. Mais nous sommes perturbés avec la récente tempête qui a tout mis sens dessus dessous.

Mack tapa Ashton sur l'épaule.

— Vous pourriez être météorologue. Vous venez de réussir à dire que vous n'en aviez aucune idée en utilisant un tas de jolis mots.

L'autre homme sourit.

— C'est là que Kelli du ranch dirait : « si tu ne peux pas les éblouir avec ton intelligence, déconcerte-les avec tes conneries. »

Cela ne prit qu'un instant pour recevoir des indications pour aller au silo et à la grange où Ashton avait entendu dire que l'étoile était entreposée.

— J'ai mentionné que tu pourrais passer à un moment, et Yoder a dit que ça ne le dérangeait pas. Ne brûle rien.

— Ouais, parce que c'est toujours un risque du métier avec moi, dit Mack d'un ton pince-sans-rire.

Ashton sourit davantage.

— Non, mais c'est connu que toi et Brooke êtes ensemble, ce qui veut dire qu'elle sera probablement à tes côtés. Cette femme a la réputation d'allumer des feux de camp dans les cuisines à travers le comté.

C'était un commentaire que Mack n'avait aucune intention de révéler à Brooke.

Mais pour le reste... Il avait vraiment besoin de l'avoir à ses côtés. Il se dépêcha de terminer la dernière tâche pour installer le minuteur des lumières de Noël, et quand il regarda sa montre, il était à peine seize heures.

Il n'allait pas lui envoyer de message... si elle était en plein milieu d'une tâche, elle ne répondrait pas, de toute manière. S'ils voulaient faire ça, ils devaient le faire rapidement avant qu'il ne fasse nuit.

Mack était arrivé au garage en moins de dix minutes, il passa la porte et regarda autour de lui, cherchant sa femme préférée au monde.

— Brooke ?

Elle jaillit comme de derrière une grosse Chevrolet à quatre roues arrière comme elle le ferait de la boîte de Pandore. L'expression de Brooke s'éclaira, ses lèvres s'incurvèrent.

— Hé. Qu'est-ce que tu fais ?

— Quelque chose, la taquina-t-il.

Il traversa la pièce et se pencha pour chuchoter :

— Où est ton père ?

— Il est allé à la banque, répondit-elle sur le même ton. Est-ce que ça veut dire que je vais avoir droit à un baiser ici ?

Il la souleva et l'étreignit, l'embrassant avec enthousiasme. Brooke passa les jambes autour de ses hanches et s'y agrippa, les paumes pressées fermement contre ses joues alors qu'elle lui rendait coup pour coup.

C'était d'une telle perfection... seulement, ce n'était pas le moment d'être distrait.

Il recula.

— Sur une échelle de un à dix, à quel point auras-tu des problèmes si je t'emmène en douce maintenant ?

L'expression de Brooke s'éclaira sous la curiosité et l'espièglerie.

— Certains problèmes en valent vraiment la peine.

Bingo.

— Tu m'accompagnes dans une chasse au trésor ? Je pense que je sais où est l'étoile de ton père.

ELLE SAISIT l'opportunité de participer à l'aventure.

La décision était plus facile parce qu'elle avait terminé sa liste de tâches et n'allait pas laisser son père en plan. Elle eut assez de présence d'esprit pour griffonner un rapide message et l'accrocher là où elle était sûre qu'il le verrait avant d'abandonner son bleu de travail et de rejoindre Mack dans la chaude camionnette.

Elle se glissa à côté de lui et passa le bras autour de son biceps de manière possessive.

— Donc, cette chasse au trésor. Dis-m'en plus.

— Ashton a découvert que la dernière fois où l'étoile a été installée, ils faisaient des rénovations dans les lieux de stockage. Toutes les bricoles ont été envoyées chez différentes familles, et ce ne fut qu'après qu'elles ont été ramenées pour être rangées dans la remise. Deux ans après, ils les ont toutes rendues à ton père et il les a mises dans le grenier.

— Sauf que l'étoile n'est pas revenue.

Mack tourna sur une route secondaire, passa la voiture en quatre roues motrices pour gérer la lourde neige qui n'avait pas été dégagée par les chasse-neige.

— Quelqu'un au ranch de Yoder était malade ou quelque

chose comme ça, alors ils n'ont pas rendu l'étoile. Mais quelqu'un a pensé l'avoir vue il y a deux ans, alors si elle est encore là, nous pourrions avoir de la chance.

Dehors, le ciel était toujours clair, une magnifique journée hivernale avec la lumière du soleil qui dansait sur les cristaux de neige.

— Ça fait beaucoup de boulot pour récupérer quelque chose qui ne va même pas être installé chez nous.

Mack entrelaça leurs doigts.

— Mais ton père s'en est souvenu, et elle signifiait quelque chose pour lui. De plus, je sais avec certitude que les gens de la résidence pour seniors vont apprécier de la voir briller au-dessus de leur toit.

Puis il lui raconta une histoire sur des boules de neige, le père Noël et des lanceurs sournois de balles, et elle gloussait quand ils s'arrêtèrent devant une longue allée menant à une lointaine grange.

La clôture se tenait sur une ligne relativement droite, le dessus des poteaux en bois dépassait comme des pousses pleines d'espoir au printemps. Seulement, on n'avait à l'évidence pas du tout roulé sur la route cet hiver.

— Je suppose que c'est la fin, dit-elle tristement. Nous pourrons revenir au printemps et voir si elle est là. Elle sera installée l'année prochaine.

— Oh, femme de peu de foi !

Mack avait ouvert sa portière et baissa les yeux vers la route près de lui.

— Ce n'est qu'une petite couverture de poudre, continua-t-il.

Brooke se mit à genoux pour le regarder fixement alors qu'il se traînait dans les congères.

— Juste un peu ? Je ressens l'envie de faire une blague sur ton incapacité à juger de la taille, mais ça pourrait mal finir.

Mack lui lança un grand sourire. Il lui tendit la main puis la guida vers l'endroit où il avait marché en formant un cercle étroit et tassé la neige.

— Viens. Je t'ai dit que ça allait être une aventure.

Brooke vit son sac sur le siège arrière et eut une idée.

— Bien, mais je dois apporter du matériel.

Il eut l'air confus pendant un instant avant qu'elle ne le pointe du doigt. Il hocha la tête en accord.

— C'est une super idée.

Il attrapa le sac de Brooke et le lança sur son épaule, puis tendit la main vers son sac à dos, changeant de position pour pouvoir les porter facilement.

La camionnette était suffisamment loin de la route pour que ce soit sans risque si quelqu'un d'autre avait besoin de passer tout en errant accidentellement sur une portion isolée de la nationale impraticable. Improbable, mais il valait quand même mieux être prudent.

Brooke souriait alors qu'elle emboîtait le pas à Mack, les grosses bottes de celui-ci lui laissant un chemin à suivre.

— Tu as de la chance que je sois grande, lui dit-elle. Faire de plus petites enjambées te donnerait l'air d'un manchot se traînant dans les congères.

Le son d'un rire masculin porta jusqu'à elle et Mack lança un coup d'œil par-dessus son épaule.

— J'aime bien les manchots.

— Je sais.

La conversation se tourna sur les animaux préférés et ce qu'ils feraient s'ils étaient confrontés à des conditions enneigées comme celle-ci, et la marche de quinze minutes jusqu'à la grange passa rapidement.

La porte de service était bloquée par une congère qui atteignait pratiquement le haut du chambranle.

Mack lança un coup d'œil autour de lui puis lui fit signe de le suivre un peu plus loin.

— J'ai une idée.

Son idée s'avéra être une fenêtre latérale qui s'ouvrit vers l'intérieur quand il la poussa. Il était facile de grimper parce que la congère était non seulement aussi haute que le rebord de la fenêtre, mais elle était également compactée par le vent, suffisamment solide pour que Brooke grimpe jusqu'en haut puis passe les pieds par-dessus le rebord pour se glisser dans le silence de la grange.

Mack lui passa les sacs les uns après les autres avant de la rejoindre.

L'intérieur n'était que légèrement plus chaud que l'extérieur, le vent était bloqué par la solide structure en bois. Brooke écouta, mais le silence était le son principal en dehors du rythme régulier de la respiration de Mack.

Le plafond s'élevait sur deux étages et demi, s'ouvrant au-dessus de leurs têtes comme une cathédrale. Le silence s'enroula autour d'elle, pourtant il n'était pas effrayant, mais impressionnant. Surtout quand Mack lui retira son gant pour pouvoir entrelacer leurs doigts.

Ils se tinrent là, le silence était palpable.

Quand elle parla finalement, ce fut dans un chuchotement.

— Waouh. C'est mieux que n'importe quelle église où je suis jamais allée.

— C'est vraiment beau, acquiesça-t-il. Tu veux aller regarder les étoiles avec moi ?

— Non.

Même s'ils le feraient, bientôt. Ce n'était pas le moment de se balader même à la recherche d'une partie essentielle du Noël à l'ancienne. C'était un instant à savourer.

Mack pencha la tête, inquisiteur.

Brooke l'attira contre elle et lui offrit ses lèvres.

Il saisit l'allusion, prit tendrement l'arrière de sa tête et l'embrassa profondément, lentement, mais puissamment alors qu'ils se liaient après avoir été séparés. Ils étaient tournés l'un vers l'autre dans cet endroit magnifique et inquiétant en même temps.

Mack la souleva, ses lèvres caressant toujours les siennes alors qu'il avançait de quelques pas dans les demi-ténèbres. La lumière qui filtrait par les diverses fenêtres était à peine suffisante pour permettre à Brooke de voir qu'ils étaient dans un coin atelier. Ce qui voulait dire que ce devait être une table sur laquelle il l'appuya avant de se presser contre elle et d'attirer leurs corps encore plus près.

Elle glissa les doigts dans ses cheveux, faisant attention à l'éraflure sur son front. Le bonnet de Mack tomba sur le sol, ignoré. Ils s'intéressaient plus à se taquiner mutuellement... des baisers déposés sur les joues de Brooke et la mâchoire de Mack.

Il lui mordilla la lèvre inférieure puis l'embrassa de manière apaisante.

— Tu as une incroyable capacité à me faire perdre ma concentration.

— Pareil. Laisse-moi te rappeler ce que nous faisions... ça impliquait de s'embrasser. Nous pourrons y retourner quand nous voulons.

Leurs fronts se touchaient et il la regarda dans les yeux.

Puis le silence... cliqueta. Le cliquetis... souffla bruyamment.

La lumière autour d'eux passa de faible à inexistante en un instant. Comme si un rideau était tombé, ils se tenaient soudain dans les ténèbres totales.

Un cri perçant résonna, un hurlement sauvage comme celui des chats du voisin quand ils avaient décidé de faire la fête au milieu de la nuit. La température tomba sensiblement.

Brooke se tourna vers la fenêtre en même temps que Mack.

Le loquet qu'il avait à moitié fermé s'ouvrit brusquement, et le vent qui se précipita à l'intérieur n'était pas une douce brise, mais une bête exigeante et déferlante qui fit tourbillonner du papier dans l'air et envoya s'écraser la fenêtre.

La tempête était revenue.

12

Il le savait. Une partie de lui avait senti qu'ils prenaient un risque en allant à cette chasse au dahu, mais à l'instant où il était entré dans la grange, il avait senti le désastre imminent.

Appelez ça de l'intuition, le pressentiment d'un soldat, ou encore un changement de pression dans l'air, toujours est-il qu'il savait que quelque chose d'important était sur le point de se produire.

Quelque chose d'autre que l'envie folle qu'il avait eue un instant plus tôt de révéler ses sentiments avant de poser un genou à terre. Parce qu'aussi parfait que cela aurait été, un instant mémorable, ils avaient des choses plus importantes à régler avant. Comme le niveau de gravité de la situation était grave et ce qui serait nécessaire pour passer la nuit.

— Partons en reconnaissance, proposa-t-il tranquillement en allant à grands pas vers la fenêtre pour sortir la tête dehors et se faire une meilleure idée de ce qu'ils affrontaient.

Quelque chose qui sortait d'un film d'horreur, apparemment. Le ciel s'agitait comme si des sorciers maléfiques se lançaient des sorts sous une nuée de nuages noirs tourbillonnants et de neige à vitesse accélérée qui fouettait son visage sans relâche.

Brooke était derrière lui, la main posée sur sa taille alors qu'il reculait et fermait la fenêtre fermement.

— Je suppose que ce n'est pas bon.

Il lui fit face et changea de position pour pouvoir voir l'expression de Brooke.

— La tempête devait attendre juste de l'autre côté de la crête. Je ne sais pas comment elle est arrivée aussi vite, mais ne nous déployons pas jusqu'à la camionnette. Pas encore.

Étonnamment, il n'y avait pas de véritable inquiétude sur le visage de Brooke. Simplement une confiance profonde suivit d'un hochement de tête. Puis elle sourit d'un air narquois, se pencha en avant et parla assez fort pour être entendue malgré le sifflement continu du vent.

— Tu es sexy quand tu commences ton truc de soldat qui commande. Je dis ça comme ça.

L'amusement monta et il se mit à rire.

— Content que tu l'apprécies, parce que j'ai le pressentiment qu'il va beaucoup se montrer dans les trente prochaines minutes.

— De la reconnaissance ?

Lorsqu'il hocha la tête, elle se redressa et le salua.

— Ouvre la voie, cap. Je suppose que si nous sommes coincés ici quelques heures, nous pourrions aussi bien trouver le meilleur endroit où nous mettre à l'abri. Et qui sait ? Nous pourrions trouver l'étoile en même temps.

Mack se dirigea vers son sac à dos et en sortit la lampe torche qu'il avait placée sur le dessus. Quand il se tourna vers elle, il remarqua avec amusement qu'elle s'écartait de son sac et tenait désormais une lanterne fonctionnant à piles.

— Impressionnant, dit-il.

— Je n'ai jamais été chez les Boys Scouts, mais c'est bien d'être préparé, dit-elle avant de plisser le nez. J'ai été coincée dans une chambre d'hôtel une fois quand l'électricité a lâché et ce n'était pas amusant de ne pas avoir de lumière. Ça fait partie de mes ressources de secours en cas d'urgence.

— Je ne l'avais jamais vue.

Brooke haussa un sourcil.

— L'électricité n'a jamais été coupée. Crois-moi, elle a toujours été dans mon sac.

Elle prit la main qu'il lui tendit, et ils avancèrent côte à côte, gants et bonnets enfilés, emmitouflés dans leurs manteaux pour lutter contre le froid alors qu'ils exploraient le rez-de-chaussée.

— Waouh. Alors *ça*, c'est sexy.

Brooke s'éloigna de lui pour passer un gant sur l'aile d'un vieux tracteur, dont il ne pouvait que deviner l'origine parce qu'il avait des bandes de roulements elliptiques à la place de pneus.

— Bonsoir, petit bébé, continua-t-elle. Qu'est-ce que tu fais ici tout seul ?

Mack encadra Brooke par derrière, passa étroitement les bras autour de sa taille et lui frotta le cou avec son nez.

— Je suppose que ça veut dire que la vérité a éclaté. Mon rival a des roues de char et un godet.

Elle ricana et s'appuya suffisamment contre lui pour pouvoir déposer un baiser sur sa joue.

— Ne t'inquiète pas, il y a de la place pour vous deux dans ma vie.

Ces papillons dans le ventre et le cœur de Mack étaient revenus et elle n'avait rien à voir avec le fait qu'ils étaient non seulement coincés ici pour quelques heures, mais plutôt beaucoup plus longtemps.

— Penses-tu qu'il fonctionne ? demanda Mack à l'experte.

Brooke fit un peu plus le tour du tracteur, regarda dans le coin moteur sans déplacer une des plaques métalliques.

— Impossible à dire, mais à un moment, je vais jouer avec cette beauté et voir si je ne peux pas la faire ronronner.

Mack l'attrapa par les doigts et l'attira vers l'escalier.

— Si tu continues à parler comme ça, nous allons devoir trouver une surface ferme le plus vite possible.

Elle lui lança un coup d'œil surpris, comme si elle repensait à ce qu'elle avait dit et ne voyait toujours pas de quoi il parlait.

— Peu importe, marmonna-t-il. C'est moi qui ai l'esprit mal tourné.

— Mais j'aime bien ton esprit mal tourné.

Elle s'arrêta alors qu'il lui bloquait le chemin vers l'escalier.

— Ne dis rien, tu vas d'abord t'assurer que c'est sans risque, déclara-t-elle.

Il secoua la tête.

— Je suis pratiquement sûr que c'est sans risque, mais le premier qui grimpe va déloger toutes les toiles d'araignée. Tu peux te faire plaisir, si tu veux.

Elle lui fit signe d'avancer.

— Mon chevalier en armure scintillante. Fonce.

Le premier étage avait un petit office et un fenil plus grand qui en couvrait les deux tiers. En dehors de quelques affaires de bureau, il n'y avait pas grand-chose qui n'avait pas sa place dans une grange abandonnée.

Il n'y avait pas non plus grand-chose pour les aider à passer une nuit confortable. Le foin était vieux et sentait le moisi, certaines parties avaient été mangées par des animaux ou étaient pourries à cause de la condensation qui était tombée du plafond.

Mack regrettait son idée d'une « folle aventure ».

Brooke se tourna vers lui puis éternua. Elle se prépara alors que trois autres explosions suivirent avant qu'elle ne se pince le nez et ne le regarde, les yeux larmoyants.

— En bas, tout de suite, ordonna-t-elle.

Il la ramena au rez-de-chaussée, cherchant avec frénésie un moyen d'arranger ça.

Brooke retourna à son sac en toile, en sortit un mouchoir et dégagea la poussière ou l'autre chose qui avait déclenché ça dans ses sinus. Elle cligna énergiquement des yeux et lui lança un faible sourire.

— Maintenant tu peux me voir dans toute ma gloire... les allergies à la poussière, c'est le top.

Elle n'avait pas à s'inquiéter de ça.

— Tu es magnifique.

Il l'avait dit sincèrement, doucement. Ou en tout cas aussi doucement qu'il le pouvait avec le bâtiment entier qui grondait autour d'eux comme s'ils étaient au centre d'un film apocalyptique.

Le sourire de Brooke le réchauffa.

— Tu es doué. Je pense que je vais te garder.

Pour toujours.

Ce fut la première pensée qui lui vint à l'esprit. C'était exactement ce qu'il allait lui dire dès qu'il pourrait lui assurer qu'ils n'allaient pas mourir gelés.

Les priorités, c'était naze.

Un son doux échappa à Brooke, et il suivit son regard vers l'arrière de la grange où, quelle surprise, leur étoile disparue était appuyée contre le mur, une très légère lumière dorée reflétant la lanterne dans la main de Brooke.

— Bien joué, dit Mack en l'attrapant de nouveau par la main et en la menant vers leur cible.

Cela n'allait pas leur tenir chaud ce soir-là, mais c'était à souligner. Il fit briller la lampe dessus, admira la soudure régulière que Gary avait faite.

— Je vois pourquoi il en est fier.

Il tendit la main pour l'enlever du mur, mais elle ne bougea pas.

Brooke pointa le sol du doigt.

— Le pied est vissé.

Mack s'accroupit pour examiner l'installation, et la torche révéla une surprise sur la famille Yoder qui possède cette grange ?

— En dehors du fait qu'ils sont dans la communauté depuis des lustres ? Je ne sais pas grand-chose sur eux... ils restent entre eux très souvent. Ils devaient avoir scolarisé leurs enfants à domicile, parce que je ne me souviens pas avoir été en classe avec l'un d'eux.

— Est-ce que tu les considérerais comme dangereux ?

Mack écarta des feuilles et du foin tombés du fermoir qu'il avait découvert.

— Les *Yoder* ? Dangereux, non. Ils ne sont simplement pas très pétillants ou du genre à bondir et à rejoindre la fête. Je sais qu'ils participent toujours aux trucs de la communauté comme le développement du parc et les programmes parascolaires, même si leurs enfants n'y sont pas allés. Je me souviens que Rose a mentionné leur nom parmi ceux des familles qui font des dons chaque année pour la banque alimentaire.

Ce qui voulait dire que ce n'était probablement pas aussi dangereux que ça pourrait l'être, mais quand même.

Il regarda Brooke qui tenait sa lanterne pour essayer de voir devant lui.

— Rends-moi service et recule d'environ dix pas.

Elle hésita avant de lever la lanterne pour illuminer son propre visage afin que son regard noir soit visible.

— Qu'est-ce que tu fais ?

— Fais-moi plaisir. Je veux m'assurer que tout est réglo.

Brooke hésita, puis recula, croisa les bras au-dessus de la lanterne et le regarda attentivement.

— Je m'attends à un rapport complet dès que possible, cap. Je n'aime pas être maintenue dans l'ignorance.

Il ouvrit la trappe et elle écarquilla les yeux.

— Si j'ai raison sur ce que j'ai trouvé, tu ne resteras pas longtemps dans l'ignorance.

Il fit briller sa torche sur les marches cachées qui étaient apparues et se déplaça rapidement, mais resta alerte, à la recherche du moindre signe de pièges.

Il ne fallut qu'un moment pour découvrir que sa première impression avait été la bonne, et ce fut avec le cœur plus léger qu'il remonta en courant l'escalier, appelant Brooke en même temps.

— C'est bon. C'est sans risque, et tu ne vas pas le croire.

Elle vint à sa rencontre, les bras toujours enroulés autour d'elle, et son expression inquiète se transforma en pure curiosité.

— Qu'y a-t-il en bas ?

Il laissa sa joie apparaître.

— Il semble que les Yoder croient fermement à l'idée d'être prêts. À l'extrême.

Brooke en resta bouche bée.

— Ce sont des *survivalistes* ?

Mack s'écarta et lui fit signe d'avancer.

— Venez voir vos quartiers pour la nuit, madame.

ÇA, c'était totalement inattendu.

Passer d'une joie simple durant le trajet au soleil à l'arrivée de la tempête... le contraste avait été une surprise, mais cela restait un événement normal de la vie de tous les jours qui était facile à comprendre pour Brooke.

Descendre un étroit escalier métallique et raide loin du vent qui hurlait était une chose qui sortait d'un roman de science-fiction.

Mack alluma les lumières, et l'impression de se trouver dans un autre monde perdura.

— Un conduit ovale ? demanda-t-elle.

— Des buses, probablement recouvertes de béton à l'extérieur, c'est pour ça que l'acoustique ici est fantastique.

Ils arrivèrent devant une porte en métal ouverte, la forme de celle-ci était suspecte. Brooke lança un coup d'œil à Mack pour avoir confirmation, la voix stupéfaite :

— C'est une porte de *sous-marin* ?

Il sourit.

— Tu peux l'ouvrir de ce côté si elle n'est pas verrouillée, mais elle a une fermeture hermétique et est très sécurisée de l'autre.

Elle passa la porte, et l'espace autour d'eux devint plus large. Une buse plus grande que celle qui avait été utilisée pour le couloir avait été transformée en abri.

— D'abord la salle de bain ? demanda-t-elle.

Elle lança un coup d'œil sur le côté et hoqueta.

— Tu te moques de moi ? continua-t-elle. Ils ont une grosse baignoire et une douche, ici.

Mack s'avança et la mena dans une autre pièce où six lits, deux d'un côté, quatre de l'autre, étaient soigneusement disposés.

— J'estime que la structure fait au moins un diamètre de trois mètres, ce qui veut dire qu'il y a largement la place pour toute une famille. Et oui, la salle de bain d'abord, parce que l'avoir à une extrémité permet une meilleure intimité si on est vraiment coincés dans l'abri pendant un moment.

La chambre était suivie des quartiers principaux d'habitation. Des bancs comme ceux d'un restaurant Denny's sur la gauche, et un bureau sur la droite. Un peu plus loin se trouvait un meuble multimédia en face d'un canapé en cuir.

— Je pense qu'en matière de survivalistes, c'est plutôt luxueux, déclara Brooke en regardant tout avec fascination.

Mack passa devant elle, l'espace supplémentaire dans la cuisine lui donnant la place pour la guider vers une autre porte fermée.

— Tu vas être plutôt reconnaissante pour ce luxe dans quelques secondes.

Il ouvrit la porte et fit passer Brooke.

— Il y a un lit deux places. Évidemment.

Elle se tourna vers lui avec un soupir de plaisir.

— D'accord, continua-t-elle, tu peux prévoir les futures catastrophes naturelles pour moi quand tu veux.

Il l'attira plus près de lui, pressa les lèvres contre sa tempe et l'embrassa brièvement.

— Ooh, tu dis les choses les plus gentilles. Et je ne t'ai même pas montré le meilleur.

— Mieux qu'un lit deux places dans un abri qu'on peut peut-être davantage chauffer que la grange remplie de poussière au-dessus de nous ?

Mack fit la grimace.

— Peut-être pas mieux que ça, mais c'est quand même plutôt cool.

Il l'attira vers l'extrémité du lit et indiqua un autre portail arrondi.

— C'est la trappe vers le tunnel d'évacuation.

— Tu déconnes !

— Je n'ai pas eu le temps de vérifier, admit-il. Mais nous devons nous occuper de quelques autres choses avant d'explorer. Tu as mentionné le chauffage... donne-moi quelques minutes et je pourrai trouver ça.

— Et pour l'air ? Est-ce que c'est sans risque ou est-ce que nous allons simplement laisser la porte ouverte ? Et avons-nous de l'eau ?

— J'ai vu un panneau de contrôle central. J'aurai toutes les réponses très bientôt.

Il alla se mettre au travail d'un côté de l'espace de vie pendant que Brooke se distrayait en fouillant dans les placards de la cuisine. Il y avait plein de bouteilles d'eau et de nourriture déshydratée. Ils n'allaient pas mourir de faim.

Mack interrompit ses recherches.

— Tous les systèmes sont connectés. Les capteurs de CO_2 fonctionnent, et nous avons une citerne pleine d'eau. Nous sommes essentiellement dans le grand luxe, et je me sens à l'aise pour utiliser tout ce dont nous avons besoin. J'entrerai en contact avec les Yoder et remplacerai tout ce que nous consommerons.

— Tu penses qu'ils seront énervés que nous sachions que c'est là ?

Brooke pouvait imaginer que les gens qui allaient jusque là pourraient ne pas être ravis que leurs secrets soient découverts.

— Je m'occuperai d'eux, lui assura Mack. Comme tu l'as dit, ils semblent se préparer, mais ne pas être dangereux. Je m'assurerai que Brad m'accompagne en renfort, et peut-être Ashton, mais j'ai aussi des contacts de mon époque dans l'Aviation royale. Je pourrais leur fournir des informations sur comment améliorer encore cet endroit. Fais-moi confiance.

C'était exactement ce qu'elle avait besoin d'entendre. C'était tellement hors de ce qu'elle connaissait qu'elle lâcha l'affaire.

— Maintenant quoi ?

— Nous retournons en haut, nous jetons un autre coup

d'œil à ce qui se passe dehors, puis nous prendrons une ultime décision.

Remonter les marches raides s'avéra ardu. Les oreilles de Brooke étaient revenues à la normale après le moment dans le bunker, et maintenant le sifflement à lui seul la transperçait, lui donnant la chair de poule.

Brooke rejoignit Mack à la fenêtre, mais ils étaient envahis par les ténèbres, et la seule chose visible contre la lueur de sa torche était une couche oblique de blancheur qui tombait.

Elle regarda son téléphone.

— Pas de réseau.

— Je ne sais pas si c'est à cause de la tempête ou parce que nous sommes hors de portée, dit Mack.

— À vol d'oiseau, nous ne sommes pas si loin de la ville. Je sais que nous avons fait un grand détour en voiture pour venir ici, mais il y a de bonnes chances que le système soit coupé. Il est impossible d'envoyer un message.

— Est-ce que ton père va s'inquiéter ? demanda Mack.

Elle secoua la tête.

— Il présumera que j'étais à la caserne et que j'ai décidé de rester avec toi quand la tempête a commencé.

Les grandes mains de Mack agrippèrent les siennes pendant un instant. Il l'examina attentivement.

— Je pense que c'est le plus sûr si nous restons dans la grange et que nous n'essayons pas de retourner à la camionnette ou de rouler où que ce soit, mais ça dépend de toi si nous utilisons le bunker ou pas.

— Bon sang, laisse-moi réfléchir une minute. Des ballots de foin couverts de poussière ou ce qui ressemble à une couette de mille fils sur le lit.

Elle se tapota les lèvres.

— Je sais, je suis masochiste, mais faisons semblant d'être des taupes.

Il souleva leurs sacs et les ramena vers l'escalier dissimulé.

— J'aimerais récupérer à un moment l'étoile de papa, mais peut-être que je vais te laisser utiliser ça comme monnaie d'échange.

Brooke passa à côté de Mack et prit la tête, la pression dans ses tympans s'apaisant instantanément.

— C'est tellement bizarre, ajouta-t-elle.

Le compartiment principal était déjà sensiblement plus chaud. Brooke inspira profondément.

— Ça sent le frais.

Mack ferma la porte derrière eux, tourna les leviers et les enferma à l'intérieur puis leva les yeux.

— Juste pour s'assurer que personne ne s'approche furtivement de nous. Laisse-moi vérifier les capteurs, mais l'air semble bon.

Un instant plus tard, il l'avait confirmé. Ils étaient officiellement comme des vers à soie dans leurs cocons.

Ce n'était pas l'hôtel qu'ils avaient réservé deux soirs auparavant, mais c'était une occasion d'être seuls. Absolument seuls, et Brooke se sentait soudain nerveuse. La sensation était excessive et déplacée, mais elle leva les yeux vers lui et il lui sembla qu'il avait la même prise de conscience. Sur le fait qu'ils étaient seuls.

Les yeux de Mack étaient sombres et son expression était devenue sérieuse.

— Brooke.

Elle déglutit péniblement. Personne n'allait les interrompre. C'était la parfaite opportunité pour elle de lui dire ce qu'elle ressentait, mais sa langue était collée contre son palais et les mots ne voulaient pas sortir.

Exprimer leurs sentiments ne se faisait pas dans sa famille. Pas quand ses grands-parents étaient en vie et pas non plus au cours des années qui avaient suivi. Elle savait que son père l'aimait. Elle l'aimait, mais le dire...

Mack se rapprocha et ses doigts caressèrent la mâchoire de Brooke alors qu'il fixait son visage.

— Si sérieuse. Ça va être amusant, bébé. Et je sais exactement ce qu'il faut que nous fassions ensuite.

— Le soldat reprend le contrôle ?

C'était plus facile de le taquiner que de se donner une gifle sous l'agacement parce qu'elle n'était pas assez hardie.

— Il prend certainement le contrôle, et la première règle quand on doit se retrancher pour la nuit, c'est de se mettre à l'aise. C'est un vrai coup de chance que nous ayons apporté nos sacs, mais je présume que tu as quelque chose d'autre là-dedans en dehors d'un jean.

Le visage de Brooke s'éclaira.

— Oui. Mais que veux-tu dire par un vrai coup de chance ? J'ai apporté mon sac pour une raison très importante.

Mack haussa un sourcil.

— Tu savais que nous serions coincés pour la nuit ?

Elle attrapa son sac sur un des lits où elle l'avait posé et se dirigea vers la grande chambre.

— Peut-être. Ou peut-être que je suis une Boy Scout super-honoraire et que je crois à la planification. Je reviens tout de suite avec ta surprise.

Il se mit à rire, mais se dirigea aussi vers son sac. Elle ne prit qu'une seconde pour lancer un coup d'œil autour d'elle dans la chambre – c'était complètement dingue de la trouver neuf mètres sous terre. À la place, Brooke fouilla dans son sac en toile, reconnaissante d'avoir l'opportunité de retirer ses vêtements de travail et de pouvoir se changer avec les jolies choses qu'elle avait emballées qui n'avaient pas été portées pour leur escapade.

Elle rougit, mais elle continua et enfila l'ensemble soutien-gorge petite culotte, les recouvrant d'un pantalon de survêtement doux et d'un t-shirt. Finalement, elle attrapa l'ingrédient magique qu'elle avait caché pour sa surprise.

Elle retourna dans l'espace de vie juste au moment où Mack rentrait son t-shirt dans son pantalon, et elle s'arrêta pour admirer la vue. La coupe de son t-shirt gris clair et de son pantalon de pyjama en flanelle lui donnait l'air d'être un survivaliste élégant.

Le sourire de Mack alors qu'il observait ses vêtements suffit à lui faire battre le cœur.

— Bon sang. Brooke Silver habillée dans du coton doux, mon cadeau que je vais pouvoir déballer plus tard... difficile de faire mieux.

Les battements du cœur de Brooke s'accélérèrent, mais ses lèvres s'incurvèrent involontairement en un sourire.

— Ce n'est pas ton cadeau, c'est ça.

Elle lui tendit un sachet de marshmallows miniatures.

13

———————

*B*rooke était parfaite. Du haut de sa tête coiffée d'une queue de cheval jusqu'à ses pantoufles duveteuses qu'elle avait enfilées. Tout en elle détendait Mack et le rendait impatient. Le mélange parfait de familier et réconfortant créait une envie irrésistible qui ne voulait pas disparaître.

Elle se tenait là, lui tendant un sachet de *marshmallows*, son sourire illuminant la pièce. Elle se moquait de l'endroit où ils se trouvaient... il le savait jusqu'au fond de lui. S'ils avaient dû rester en haut avec les ballots de foin et la poussière, elle l'aurait quand même regardé ainsi, même si cela avait été accompagné de quelques autres éternuements.

La question n'était pas l'endroit où ils se trouvaient. La question n'était pas d'avoir le décor parfait comme un coucher de soleil spectaculaire avec en prime un environnement impeccable. La question était qu'ils soient ensemble.

La vérité était tellement importante qu'il pouvait à peine respirer.

Il se rapprocha, chercha dans sa poche la raison pour laquelle *il* avait insisté pour apporter son sac.

173

— C'est un cadeau assez incroyable. Et si on faisait un échange ?

Mack posa un genou à terre devant elle, l'observant suffisamment attentivement pour remarquer l'instant où elle écarquilla les yeux. Il leva l'écrin dans la paume de sa main vers elle et attendit.

Elle recula brusquement les bras, agrippant le sachet moelleux de marshmallows contre sa poitrine.

— *Quoi* ? Mack ?

Il déglutit malgré le nœud dans sa gorge et ouvrit le couvercle de l'écrin pour lui permettre de voir la bague à l'intérieur.

— Il y a une folle histoire derrière ça, et je te la raconterai dans un moment, mais le plus important... c'est que je t'aime. J'ai besoin de toi dans ma vie, pas seulement quand nous pouvons trouver le temps, et pour toute l'éternité. Veux-tu m'épouser ?

Elle écrasait toujours les marshmallows comme si cela allait l'aider à rester debout.

— Oh mon Dieu. Mais je n'ai jamais... Mais je croyais... Oh mon Dieu, oh, mon Dieu, oh mon Dieu.

Sa nana courageuse et effrontée était devenue incohérente.

— Brooke ? l'encouragea Mack en agitant l'écrin. Le soldat suggère que tu t'en tiennes aux priorités. D'abord tu dis oui, puis nous pourrons jouer au jeu des questions.

Elle quitta lentement la bague des yeux pour regarder les siens, son sourire redoublant.

— Eh bien, si c'est comme ça...

Elle lança le sachet de marshmallows sur le canapé et se jeta dans ses bras.

— Oui. Oh que *oui*.

Mack referma instinctivement les doigts sur l'écrin, le rangeant dans sa poche. Il utilisa son autre bras pour la serrer tendrement contre lui tandis que leurs lèvres se rejoignaient dans une célébration joyeuse. Le lien était parfait comme toujours. La faim et le bonheur dans le baiser de Brooke égalaient les siens.

Mack ralentit leur élan, s'efforçant de calmer l'instinct qui les poussait à accélérer leur romance. Il était à peine dix-sept heures et ils seraient là au moins jusqu'au matin. Il pouvait prendre son temps autant qu'il le voulait.

Autant de temps qu'il en avait besoin pour lui prouver que ce qu'il avait dit... ce n'était pas que des mots. Que *tout* en lui la vénérait.

Il approfondit leur baiser, la souleva dans ses bras et la porta dans la pièce à l'arrière. Il l'allongea sur le lit et se glissa au-dessus d'elle sans briser le lien entre leurs lèvres.

La chambre était encore fraîche, mais un doux flot d'air chaud frôlait leurs peaux. Les coudes appuyés de chaque côté de la tête de Brooke, les hanches nichées entre ses cuisses, tous deux avaient suffisamment chaud pour se concentrer sur le contact et les caresses.

Sur le fait d'être ensemble.

Mack traça un chemin, partant du coin des lèvres de Brooke, puis remonta sur sa joue et le bord supérieur de son oreille. Elle frissonna sous lui.

Il aimait ça, mais avait besoin de s'interrompre avant qu'ils ne s'emballent trop.

— Une minute. Nous avons raté quelque chose.

Son cœur martelait alors qu'il se redressait, sortait la bague de l'écrin et alors qu'elle lui tendait la main, il la glissa à son doigt. Ils la regardèrent fixement un instant, les gemmes rose clair étincelant dans les lumières au-dessus de la tête de lit.

— Elle est merveilleuse, dit-elle.

Peut-être. Ce qui était incroyable, c'était qu'ils soient

ensemble, et qu'il était maintenant libre de dépenser toute son énergie sur elle. Lentement, lentement, très lentement.

— Je vais te vénérer, la prévint Mack en lui léchant le lobe de l'oreille avant de l'attirer dans sa bouche et de le sucer doucement. Tu es à moi.

— Tu es à moi aussi, chuchota-t-elle.

— Oui, mais j'étais preum's.

Une bouffée d'amusement s'échappa des lèvres de Brooke, et il fit traîner ses dents le long de son cou. Le rire de la jeune femme se transforma en un gémissement, puis il glissa une main sous son t-shirt pour presser la paume sur son ventre chaud.

— Tout en toi est à moi. Je vais te toucher, te goûter et te taquiner jusqu'à ce que tu saches exactement ce que tu représentes pour moi.

— *Mack.*

C'était un son de désespoir.

Il remonta son t-shirt, ce qui révéla un soutien-gorge bleu pâle, suffisamment fin pour pouvoir voir son mamelon à travers le tissu. En fait, il devint encore plus excité sous l'anticipation.

Mack la souleva juste assez pour lui retirer son t-shirt et sourit avec approbation.

— Et regarde ça. Un autre cadeau pour moi.

Les yeux de Brooke étaient doux et à demi-clos, légèrement vitreux sous ses baisers.

— Tu devrais continuer à chercher. Il pourrait y avoir une seconde partie au cadeau.

Il reconnaissait un encouragement quand il en entendait un. Mack lui retira son pantalon de jogging et regarda fixement, le cœur battant, ses longues jambes et son corps aux courbes douces enveloppé dans des tout petits bouts de tissu bleu hivernal.

— J'ai dû être un très gentil garçon cette année.

— Le meilleur. Et j'aurais dû te le dire de nombreuses fois.

La touche de tristesse dans sa voix était complètement inappropriée. Mack leva les yeux, surpris de voir ses yeux humides.

— Hé...

— Je t'aime.

Les mots s'échappèrent de ses lèvres comme un aveu.

— C'est le cas depuis longtemps, mais je ne t'ai jamais dit...

Il s'allongea et attira Brooke contre lui, la serrant fort alors qu'inexplicablement, elle fondait en larmes. Des sanglots silencieux faisaient trembler son corps et sa respiration devint irrégulière. Mack lui caressa le dos et déposa des baisers sur son visage et ses lèvres pendant qu'il murmurait des mots apaisants du mieux qu'il pouvait.

Mack serra la personne la plus importante de sa vie jusqu'à ce qu'elle retrouve son calme.

Lorsque Brooke prit une profonde inspiration puis la laissa sortir lentement, se frottant contre son menton comme un chaton haret qui avait enfin accepté un foyer, Mack avait l'impression que son cœur avait enflé de trois fois sa taille.

— Je suis désolée. Je ne sais pas ce qui s'est passé.

Brooke leva la tête et croisa son regard.

— Peut-être que si. Je regrette de ne pas avoir dit quelque chose avant. J'aurais dû te dire ce que je ressentais il y a longtemps, mais... je n'ai pas l'habitude de le dire. Nous ne le faisons pas.

Mack resserra la main qu'il avait posée sur la hanche de Brooke, la glissa en une lente caresse sur sa peau, la réchauffant sous son contact.

— Il n'y a rien à regretter. Pour je ne sais quelle raison, ça nous a pris jusqu'à maintenant, et nous ne regarderons pas en arrière. De plus, nous avons tous les deux besoin d'entraînement, parce que j'aurais pu le dire il y a longtemps aussi. Je suppose que parfois nous pensons simplement que les gens savent ce que nous ressentons pour eux.

Les lèvres de Brooke frôlèrent les siennes, une prière et une supplique à la fois.

— Je peux gérer l'entraînement. Je t'aime, Mack. Tellement.

Il utilisa son pouce pour effacer une larme qui s'attardait au coin de l'œil de Brooke.

— Je t'aime. Et je vais t'*aimer*. Minutieusement.

Il la fit rouler sous lui et cette fois il n'y eut pas de tristesse alors qu'il l'embrassait jusqu'à rejoindre ses lèvres et les prenait avidement, entremêlant leurs langues et exigeant une réaction alors qu'il s'appuyait au-dessus d'elle, le corps sexy l'acceptant avec tendresse.

Brooke poussa son t-shirt et toucha son torse nu. Il brisa leur baiser suffisamment longtemps pour tendre la main et faire passer brusquement le tissu par-dessus sa tête avant de revenir à l'addiction qui était le fait de l'embrasser.

Il allait quand même y aller lentement, même si ça le tuait.

Elle repositionna ses mains, incurva les doigts sur ses épaules et ses ongles griffèrent son dos et les côtés de son torse, réchauffant toutes les parties de son être qui disaient qu'elle appréciait ce qu'elle touchait et en voulait plus.

Qu'elle *le* désirait.

Elle gémit en protestation lorsqu'il recula pour s'allonger près d'elle. Il l'embrassa rapidement en guise d'excuse, mais il était en mission, fixant du regard ses seins parfaits couverts de dentelle la plus fine.

— C'est si joli.

Il la caressa d'abord, simplement parce que rien ne pressait. De petits cercles à l'endroit où la chaleur du corps de Brooke atteignait le bout de ses doigts et taquinait ses sens avec une texture lisse et soyeuse et une chaleur sensuelle.

Quand elle s'arqua et appuya sa poitrine contre sa paume, il retira le bonnet de son soutien-gorge, renforçant la rondeur de son sein doux avec le tissu en dessous. Son mamelon se tendit et il passa le pouce sur la surface.

Brooke prit une brusque inspiration.

Il ne pouvait pas détourner les yeux. Elle réagissait parfaitement à son contact. Le corps de Brooke s'arquait à sa rencontre et se déplaçait sous ses caresses comme si elle ne pouvait pas supporter d'être séparée de lui. Et quand il se pencha suffisamment pour déposer un baiser sur le petit nœud blanc entre les bonnets du soutien-gorge, Brooke serra les doigts glissés dans les cheveux de Mack et tira dessus.

Un rire gronda à l'intérieur de lui parce que l'endroit vers lequel elle le guidait était exactement là où il voulait aller. Mais lentement. Très lentement, il remonta sur son sein lisse jusqu'à son sommet, le léchant et le mordillant.

Il en embrassa l'extrémité, et elle se tortilla.

Mack ouvrit la bouche et chercha la surface tendue avec sa langue puis referma les lèvres et aspira doucement.

— *Oui.*

C'était une approbation absolue, et Mack sourit. Il prit son temps, passant d'un côté à l'autre, gardant le contrôle alors qu'il la taquinait et la léchait. Quand il recula et souffla doucement sur la surface humide, Brooke serra les doigts et tira sur ses cheveux en représailles.

Il lui attrapa les poignets et lui posa les paumes contre le matelas.

— Sensible ?

— Avide. J'en veux plus. J'ai envie de toi.

Elle essaya de tendre les mains vers lui, mais il l'en empêcha.

— Ce n'est pas encore ton tour. Garde tes mains ici.

Les derniers mots sortirent tel un ordre, et elle écarquilla brièvement les yeux avant que ses lèvres ne tressaillent.

— Le capitaine est dans la maison.

— Le capitaine est sur le lit. Ne t'inquiète pas, je t'informerai quand ce sera ton tour de faire autre chose que ressentir.

Il se pencha et déposa un baiser au centre de son corps, inspira sa douce odeur et se prépara à se soûler sur son plaisir.

ILS VENAIENT de prendre un tournant dans leur relation que Brooke avait espéré voir un jour, mais qu'elle ne s'était pas attendue à voir arriver aussi vite ou aussi pleinement. Même la manière dont il la touchait semblait différente : plus délibérée, plus significative.

Absolument destinée à la rendre folle.

Brooke raidit les doigts contre la surface de la couette alors que Mack descendait sur son corps en la taquinant, l'embrassant, la caressant et lui écartant plus largement les jambes jusqu'à ce qu'il soit fermement placé entre ses cuisses. Il baissa les yeux sur le morceau de tissu qui se faisait passer pour une petite culotte. Brooke était soudain ravie de l'avoir achetée.

— Elle est criminellement douce.

Il passa les lèvres sur le tissu juste au-dessus de son pubis. Une poussée de plaisir irradia sur la peau de Brooke tel un fourmillement électrique.

— Je pourrais m'habituer à ce que tu la portes tout le temps, ajouta-t-il.

— Sous mon bleu de travail ?

Mack glissa sa joue vers la hanche de Brooke, puis ses lèvres frôlèrent l'étroit élastique, revenant d'où il était parti.

— Absolument. Personne ne le saura en dehors de nous, mais chaque fois que je passerai au garage, je t'imaginerai comme ça. La manière dont tu te donnes pleinement à moi alors que personne d'autre n'a le droit de voir ce côté de toi. Si jolie, féminine, intelligente et compétente.

Brooke leva un pied et passa les orteils le long de ses épaules musclées.

— Beau parleur.

— C'est vrai.

Son regard croisa celui de Brooke sans détour et la passion s'éleva dans ses yeux.

— Tu me distrais, remarqua-t-il.

— J'ai entendu dire que le multitâche, ça existait.

Elle ne savait pas vraiment pourquoi cela le fit sourire à ce point, mais elle ne réfléchissait pas vraiment parce qu'il passa un doigt sous le bord de sa petite culotte et la lui retira.

Ce qui suivit fut un exercice sur la manière de perdre sa concentration de la meilleure manière possible. Mack lui releva plus haut les genoux, déposa un baiser sur l'intérieur de sa cuisse avant de la mordiller. L'autre côté reçut le même traitement puis sa langue remonta lentement jusqu'à ce qu'il se retrouve tout près de l'endroit où elle avait besoin de lui.

Son nez frôla ses poils bouclés, ses mains se déplaçant sous les hanches de Brooke pour la soulever jusqu'à sa bouche.

Il la lécha une fois lentement, la taquinant. Il n'y avait pas assez de pression, pas assez de quoi que ce soit pour faire autre chose que lui donner envie de se tortiller. Mais elle ne le pouvait pas parce qu'il avait une prise sans faille sur ses hanches.

Il leva les yeux avec un sourire machiavélique sur les lèvres tandis qu'il recommençait. Un peu plus profondément entre ses replis, il marqua une pause assez longue tout en haut pour lui annoncer exactement où il avait prévu de passer du temps.

Brooke agrippa la couette et se prépara à une longue chevauchée.

Mais s'il avait eu l'intention de continuer le lent rythme atroce, il ne réussissait pas. C'était comme si chaque fois qu'il la touchait, il perdait un peu de contrôle. Il attira ses hanches plus près du bord du lit, lui releva les genoux vers sa tête et se mit au travail comme si son but était de voir à quelle vitesse il pouvait la faire jouir.

Sacrément vite.

La chaleur tournoyante de la langue de Mack contre son clitoris envoya de nouveau voler ces éclairs dans son ventre, la tension montant avec un rythme si rapide que lorsqu'il glissa un doigt en elle, elle jouit.

Un grondement d'approbation sortit de la bouche de Mack alors qu'elle remuait contre ses lèvres. Il la lécha plus doucement, mais continua son œuvre jusqu'à ce que l'orgasme cesse son *crescendo*.

Alors qu'elle allait tendre les mains vers ses épaules pour l'attirer vers elle, il ne bougea pas et recommença depuis le début. Brooke sentit deux doigts pénétrer en elle, et Mack la taquina à un endroit qui lui fit presser une main contre sa bouche pour retenir un cri de plaisir.

Il avait dû lever les yeux parce qu'il s'immobilisa une seconde avant que ses doigts ne continuent sur le même rythme et qu'il ne parle, un grondement dans la voix comme si c'était lui qui essayait de s'empêcher de hurler de plaisir.

— N'essaie pas de rester silencieuse. Il n'y a personne ici pour nous entendre, et bon sang, je veux tout. Je veux ton plaisir et ta voix qui m'appelle, pour me faire savoir exactement ce que je te fais.

Brooke hoqueta alors qu'il reposait la bouche sur elle et la consumait comme si elle était de l'oxygène et qu'il était un incendie.

— Mack, oh mon *Dieu*.

— Donne-le-moi.

La pression montait de nouveau, mais elle ne voulait pas basculer sans lui.

— S'il te plaît, j'ai besoin de toi. Je te veux en moi. Je veux ta queue.

Le rythme faiblit pendant une seconde, puis Mack se déplaça. Il se déshabilla et enfila un préservatif pendant qu'elle reculait sur le matelas pour lui faire de la place. Il se retrouva au-dessus d'elle et plaça une des jambes de Brooke au-dessus de sa hanche tandis que son membre touchait son intimité.

Son membre épais posé contre le centre de son être, il se redressa et attira son regard.

— Je t'aime.

Mack le prononça comme si c'était un fait. Comme si l'amour entre eux était fort comme du titane et à l'épreuve des bombes. Ses yeux le disaient tout autant que ses mots, et Brooke posa sa paume sur le visage de Mack et lui fit aussi un serment.

— Je t'aime aussi.

Il s'enfonça.

C'était familier, et pourtant différent. Un plaisir échauffé avec la vague fraîche d'une sensation électrique le long de ses extrémités nerveuses qui disait qu'un autre orgasme approchait. Il se déplaçait en elle, les yeux soudés aux siens, sa respiration accélérait. Elle enroula les jambes autour de ses hanches fermes, pressant les talons contre ses fesses.

Brooke agrippa ses épaules alors qu'il accélérait la cadence. Pas suffisamment pour être déchaîné et hors de contrôle, mais avec de longues pénétrations régulières qui les faisaient tous deux gémir.

— J'y suis presque, chuchota Brooke.

Mack s'appuya sur un coude, porta la main à sa bouche et

se lécha les doigts. Il la tendit entre leurs corps et trouva son clitoris. Il le taquina et le caressa alors qu'il poursuivait le mouvement de ses hanches en un rythme parfait. C'était un lien entre leurs corps qui était bien plus que simplement physique.

Il la regardait dans les yeux lorsque le tsunami frappa. Ce fut une explosion moins violente cette fois, plus puissante et écrasante. Le corps de Brooke se resserra autour du sien, et un son s'arracha des lèvres de Mack, quelque chose à mi-chemin entre une prière et un cri. Alors que ses épaules se raidissaient, ses coups de reins s'arrêtèrent brusquement, le laissant enfoncé profondément.

Brooke ferma les yeux alors qu'une autre vague la frappait, celle-ci avec un impact émotionnel supplémentaire alors qu'elle se rendait compte que le son chuchoté venait de Mack qui répétait « Je t'aime » encore et encore.

Son cœur battait et sa respiration était saccadée, mais alors qu'elle levait les yeux pour voir la partie la plus importante de son cœur la regarder, elle sut qu'elle venait de vivre quelque chose d'incroyable, un commencement qu'elle n'oublierait jamais.

Mack se pencha et l'embrassa de nouveau, doucement et tendrement, même si cette image était probablement loin du compte étant donné le lien entre eux qui restait lourd et brûlant entre ses cuisses.

— Waouh. C'était...

— Ouais, ça l'était, l'interrompit-il en lui embrassant le bout du nez.

Puis il la fit rouler et la plaça sur lui pour qu'elle puisse s'étaler comme si elle était désarticulée sur son corps musclé.

Ils restèrent là pendant un moment, leurs respirations synchrones, leurs cœurs retournant lentement à leur rythme normal. Mack tira le bord de la couette sur elle, mais la chaleur qui s'élevait du corps de celui-ci la gardait au chaud ainsi que repue. Protégée dans ses bras, la satisfaction frémissait dans chaque partie de son corps.

Ce ne fut que lorsque l'estomac de Mack gronda que Brooke se redressa à contrecœur. Il la serrait toujours, mais son grand sourire espiègle était revenu.

— Je suppose qu'il est temps de regarder l'approvisionnement d'urgence, dit-elle. Mais je suggère que tu fasses la cuisine. Je n'ai aucune difficulté à mettre le feu sur ma propre cuisinière, mais je ne pense pas que ce soit une bonne idée de tenter le diable ici.

Ils se glissèrent hors du lit et Brooke vola le t-shirt de Mack pour aller rapidement dans la salle de bain.

Quand elle le rejoignit dans la cuisine, Mack avait aussi fait un brin de toilette et avait enfilé un autre t-shirt. Il y avait une casserole sur le feu, et un tas de paquets posés sur le plan de travail.

Seulement, ce fut le sac refermable qui attira son attention.

— Est-ce que ce sont des biscuits ?

— Ils ne viennent pas de la réserve de nourriture, lui assura-t-il. Je les ai préparés pour notre escapade, dont nous allons enfin profiter.

Elle entrouvrit le sac, et la riche odeur des délices aux épices emplit la pièce.

— Hummm, des *snickerdoodles*. Rien que d'y penser, quelque chose chez eux me fait saliver.

— Il est tout à fait possible que les biscuits à l'ancienne que tu essaies de préparer fassent partie de leur famille éloignée.

Brooke regarda celui qu'elle tenait entre ses doigts, inspirant avec délectation, même si une touche de tristesse se faufila dans ce qui s'était avéré être une soirée incroyable.

— Ça va être le Noël à l'ancienne le plus nul du monde. Je n'ai jamais réussi à trouver la préparation.

— Non, mais tu as trouvé la musique de Noël, et nous allons avoir des cadeaux faits maison, et nous aurons quand même un repas spécial et nous passerons du temps ensemble.

Mack se tourna, l'attira contre son corps et l'entoura tendrement de ses biceps forts.

— Et peut-être que ton père sera excité quand il saura que nous allons nous marier.

Elle hocha lentement la tête.

— Je sais qu'il est ronchon, mais il t'apprécie.

— Ça va s'arranger, lui assura Mack avant d'attirer son attention sur l'assortiment de nourriture déshydratée qu'il avait trouvé.

C'était vrai. Ils avaient déjà fait le plus dur... admettre qu'ils étaient tombés amoureux. Ce qu'ils feraient à partir de cet instant, ils le feraient ensemble.

Une fois que la tempête les laisserait retourner au monde réel.

14

’abri donnait l’impression qu’ils étaient entrés dans une autre dimension. Mack trouvait ça à la fois inquiétant et fascinant, mais le plus important était qu’ils étaient en sécurité et ensemble. Il trouva l’installation audio et utilisa le Bluetooth pour que sa playlist porte dans l’espace cosy.

Aucun son n’arrivait de la tempête, aucune vibration, et la chaleur qui provenait du chauffage rayonnant avait rendu leur environnement confortable.

C’était un endroit idyllique pour célébrer le changement dans leurs vies.

Ils parlèrent de choses ordinaires pendant qu’ils mangeaient le repas déshydraté, meilleur que les rations dont Mack avait dû se contenter durant son époque dans l’aviation. Mais ensuite, Brooke l’attira sur le canapé, se lova contre lui et passa les bras autour de sa taille. Ses cheveux s’étalèrent sur son torse, et Mack passa les doigts dedans. C’était une soie sensuelle, il aurait aimé qu’elle touche sa peau.

— Comment veux-tu faire ça ? demanda-t-elle. Enfin,

quelle est la prochaine étape une fois que la tempête se sera arrêtée et que nous pourrons sortir d'ici ? En plus de la partie où nous devons trouver comment vivre ensemble.

— Nous pouvons commencer par chercher un logement à louer.

Il déposa un baiser sur le dessus de sa tête, la caressant toujours lentement parce qu'il en avait l'occasion.

— Une des raisons pour lesquelles je n'ai rien dit avant, c'était l'hébergement pas cher à la caserne. J'ai aidé mes parents à rembourser leur prêt immobilier pendant l'année passée. Ils ont pris quelques décisions peu judicieuses, mais ils tenaient à se désendetter, et je ne voulais pas les voir déclarer faillite.

Elle se redressa, le visage inquiet.

— Est-ce qu'ils vont bien ? Ils sont dans l'Ontario, n'est-ce pas ?

— À Oshawa. Et oui, je pense qu'ils ont pris du retard sur certains paiements quand papa a perdu son travail il y a deux ans. La pension militaire de maman n'est pas énorme, mais comme ils travaillaient de nouveau tous les deux, ils s'en sortaient à peu près. À la fin de l'année dernière, ils ont admis qu'ils avaient des problèmes et avec la super affaire que j'avais avec la caserne comme logement, je pouvais me permettre de les aider.

Il lui caressa la joue, stupéfait qu'elle ait accepté d'être à lui.

— Je ne m'attendais pas à te rencontrer, mais une fois que je m'étais engagé envers eux, je ne pouvais pas reculer.

— Bien sûr que non, acquiesça-t-elle. Je pensais que tu payais des prêts étudiants... c'est là que tout mon argent supplémentaire est allé. J'ai effectué le dernier paiement au début du mois. Je prévoyais de te demander en janvier si tu voulais trouver un logement avec moi et sans mon père.

Mack secoua la tête.

— Stupides finances. Nous aurions pu être ensemble tellement plus tôt.

Elle haussa les épaules.

— Tu as dit que nous n'allions pas regarder en arrière, alors nous allons regarder devant. Mais je suis fière de toi, que tu aies aidé tes parents.

La chaleur envahit Mack à cause de ses mots et de la manière dont elle les prononça, pas parce qu'il ressentait une quelconque fierté sur ce qu'il avait fait.

— Ce sont des gens bien et pas trop rentre-dedans. Mais ils sont au courant pour toi, et ils ont hâte de te rencontrer.

Brooke hocha lentement la tête.

— Mon père s'en sortira tout seul dans l'appartement, mais est-ce que ça te va de rester à Heart Falls ? Tu ne vas pas être posté ailleurs, n'est-ce pas ? Je sais que tu ne vas pas retourner au service actif, mais même les pompiers civils sont parfois transférés.

Une soudaine poussée d'émotion profonde le frappa lorsqu'il se rendit compte qu'elle lui avait dit oui sans savoir avec certitude où ils pourraient atterrir à l'avenir.

— Je ne te demanderai jamais de t'éloigner de ton père ou de ton travail. Si tu disparaissais, la moitié des véhicules de Heart Falls s'arrêterait de fonctionner.

Elle lui lança un grand sourire.

— Peut-être un tiers.

Elle posa la main sur le cœur de Mack, et il lui attrapa le poignet et le souleva pour pouvoir examiner la bague. Elle était un peu grande, alors elle l'avait glissée sur son majeur. Les pierres rose pâle étincelaient magnifiquement sous le mouvement de sa main.

— Est-ce qu'elle te plaît ? Je sais que certaines femmes aiment choisir leur propre bague, et nous le pouvons toujours, mais celle-ci voulait te revenir.

Elle écarquilla les yeux.

— Tu as dit qu'il y avait une histoire. Raconte-moi.

Il parla donc de la journée où dans chaque rue il y avait une bijouterie qui se moquait de lui. Des panneaux dans des vitrines montraient de magnifiques brunes qui regardaient amoureusement des hommes bruns dans les yeux, et cela lui avait fait comprendre que ce devait être Brooke et lui, tout de suite.

Elle leva la main et examina la bague d'un peu plus près.

— Mais ce n'est pas une nouvelle bague. Je croyais que tu allais me dire qu'elle venait de tes parents ou de tes grands-parents.

— Eh bien, elle vient des grands-parents de *quelqu'un*, admit-il. J'ai résisté à l'envie d'acheter quoi que ce soit dans ces boutiques chics. J'ai pensé qu'une fois que je te ferai ma demande, je pourrais t'emmener dans l'une d'elles et voir ce que tu aimais. Mais le destin en a décidé autrement.

Brooke se penchait désormais en avant, impatiente de connaître le reste de l'histoire comme une enfant qui attendait que le père Noël passe.

— Ouais, au moment où l'idée de t'acheter une bague a été évoquée, il n'y avait pas moyen que je rentre chez moi sans, au diable les boutiques chics. J'ai dû faire un dernier arrêt sans risque loin des bijouteries, et j'ai découvert un magasin solidaire à côté. Je n'ai pris que quelques t-shirts, mais alors que je discutais avec le gars derrière la caisse, il a soudain eu le regard fuyant et est devenu nerveux, comme s'il était sur le point de faire quelque chose d'illégal. Quand il a tendu la main sous le comptoir, j'étais sûr qu'il allait sortir une réserve de drogue. Je n'arrivais pas trouver ce que j'avais dit pour lui faire penser que ce genre de chose m'intéressait.

Brooke riait désormais, son corps chaud contre le sien et leurs doigts entrelacés.

— Est-ce que tu avais l'air très peu recommandable ce jour-là ? Normalement, tu es un soldat propre sur toi.

— Je te jure que j'étais parfaitement normal. J'étais aussi très soulagé quand il a sorti un plateau télé presque vide avec quelques bijoux dessus et qu'il a dit : « Nous ne mettons pas ces trucs à la vue de tous, mais j'ai l'impression que l'univers me demande de vous les montrer. »

Mack avait imité la voix traînante et détendue de l'homme et souriait devant l'expression de Brooke.

— Je suppose que parfois des bijoux sont retrouvés dans les poches des vêtements qui sont donnés ou dans des bagages. Cette fois ils savaient à qui ils appartenaient parce qu'ils venaient de déballer un chargement qui provenait d'une vente de biens. Quand ils ont contacté la famille pour rendre les objets les plus précieux, on leur a dit qu'ils en faisaient don.

Elle avait les yeux brillants, et les coins de ses lèvres s'incurvèrent.

— Tu as acheté ma bague dans un magasin solidaire. Ce n'est pas que je critique, je pense que c'est plutôt cool, mais c'est juste pour m'assurer que j'ai bien compris.

— J'ai absolument acheté ta bague dans un magasin solidaire, même si je leur ai donné une bonne somme.

— Plus que dix dollars ?

Il lui lança un grand sourire.

— Au moins vingt. Tu en vaux la peine.

Elle ricana.

— Alors, peux-tu me dire autre chose sur ma bague ? Parce que je l'aime bien, et elle est jolie. Mais je ne pense pas que tu l'aurais achetée juste parce que quelqu'un t'a suggéré de le faire.

Et c'était une des raisons pour lesquelles Mack l'aimait. Elle comprenait qu'il y avait une signification plus profonde.

Il porta ses doigts à ses lèvres et les embrassa lentement.

— Une bague est un signe d'engagement, mais celle-ci est aussi un symbole *nous* représentant. Je voulais quelque chose d'unique et qui ne ressemblait pas à tout ce qui sera acheté cette année. Elle est là depuis un moment, et il est prouvé qu'elle peut supporter l'épreuve du temps.

— Tu le sais ?

Tout en lui s'adoucit à ce souvenir.

— Ce couple a passé plus de soixante ans ensemble. Je pense que c'est un bon objectif pour commencer.

Elle leva la main et agita les doigts, réfléchissant.

— Mais je ne serai pas hantée par une femme qui s'appelle Ethel qui veut récupérer sa bague ?

— Absolument pas, répondit-il instantanément. Elle s'appelait Dorothea.

Brooke éclata de rire et elle changea de position pour s'agenouiller de chaque côté de ses cuisses, les mains posées sur ses épaules.

— Eh bien, c'est une bonne chose.

Elle se pencha et frôla ses lèvres des siennes.

— J'adore ma bague, continua-t-elle, et j'adore cette histoire, et je t'adore *toi*. Tu as bien choisi.

Alors que la soirée devenait la nuit, et qu'ils s'étreignaient et faisaient encore une fois l'amour, Mack ne trouva rien à redire à la déclaration de Brooke.

Être avec elle ici dans ce bunker n'était que le début.

Il se réveilla tôt le lendemain matin, se glissa à contrecœur hors du lit et s'éloigna de la chaleur de Brooke pour vérifier leur situation. Il était à peine arrivé en haut de l'escalier que le son perçant du vent suffit à l'avertir que la tempête faisait encore rage.

Il vérifia le réseau sur leurs deux téléphones avant d'abandonner et de retourner à la sécurité du bunker.

Quand il se rallongea, Brooke hoqueta légèrement avant de

presser son corps chaud contre les parties froides de son corps.

— Nous sommes toujours coincés ? demanda-t-elle d'une voix endormie.

— Absolument.

Elle se retourna vers lui et frotta le nez contre son torse.

— J'ai une question importante à poser.

— Je croyais que je l'avais déjà fait.

Elle sourit d'un air narquois, les yeux mi-clos.

— Combien de jours pouvons-nous survivre ?

— Ça dépend, admit-il. Combien de préservatifs as-tu mis dans *ton* sac d'urgence ? Parce qu'au rythme où nous allons, nous devrons rentrer à pied dans les prochaines vingt-quatre heures, ou nous aurons des problèmes.

Un *hummm* amusé s'échappa des lèvres de Brooke alors qu'elle posait une main sur son torse, le poussant sur le matelas pour pouvoir se glisser sur lui.

— Alors nous allons nous en sortir au moins pendant encore une journée et demie.

Elle tendit la main dans leur réserve et en leva un en l'air.

— Est-ce que nous rationnons ?

C'était une réponse facile.

— Oh que non.

Il attendit qu'elle l'ait torturé en le couvrant, puis il se tourna et la plaça sur le côté pour pouvoir lui caresser les seins tout en restant pressé contre son dos. Une étreinte lente et languide s'ensuivit. Son membre se glissait entre ses cuisses et taquinait son membre jusqu'à ce qu'elle balance les hanches en arrière comme si elle le suppliait d'en avoir plus.

Quand il glissa en elle, se déplaçant à un rythme tranquille, ce fut parfait. Le plaisir montait, l'urgence grimpait jusqu'à ce qu'ils s'écroulent tous deux. Il la serra contre lui, dans une union intime, alors qu'elle passait les doigts sur ses mains et ses avant-bras. Elle les glissa sur sa hanche pour taquiner la peau nue de sa fesse comme si elle ne pouvait pas s'arrêter et ne voulait pas briser le lien qui les unissait.

Il déposa un baiser sur sa nuque.

— Je t'aime.

C'était aussi parfait que les autres fois qu'il l'avait dit.

C'ÉTAIT un peu comme vivre une lune de miel sans avoir à gérer les formalités du mariage. Même si Brooke n'avait jamais vu une destination telle que leur abri survivaliste.

Ils continuèrent à grimper les marches par intervalles de quelques heures pour vérifier la situation météo, mais en fait, Mère Nature avait choisi le réveillon de Noël pour que ce soit pire que le vingt-trois.

Brooke l'avait taquiné jusqu'à ce que Mack enfile son équipement complet d'hiver, et tous deux sortirent, se plaquant au coin pour échapper à la fureur brute du vent.

— La seule raison pour laquelle nous faisons ça, c'est parce que je suis assez lourd pour ne pas être emporté, l'informa Mack en gardant une prise ferme autour de sa taille alors qu'ils se tenaient du côté de la grange sous le vent et fixaient du regard le champ à travers les brèves ouvertures du voile blanc.

— Ce n'est pas ce que je veux gérer tous les jours, mais c'est étonnamment revigorant d'être là, révéla-t-elle avant qu'ils ne retournent à l'intérieur de la grange froide, mais à l'abri du vent.

Elle examina le tracteur pendant quelques minutes, admirant ses lignes classiques John Deere[1], mais elle vint volontiers quand Mac l'attira vers l'étoile et la chaleur cachée dessous.

La journée passa de la plus merveilleuse des manières. Mack insista pour qu'ils profitent de l'aménagement, ce qui voulait dire une douche chaude et sortir des jeux. Même s'il suggéra qu'ils économisent l'eau et se douchent ensemble.

Leur réserve de préservatifs diminua rapidement, et elle n'avait jamais vu Mack aussi détendu et heureux.

Ils parlèrent des gens à qui ils devaient manquer, mais même là, Brooke ne pouvait pas se sentir trop inquiète.

— Mon père sait que tu prendras soin de moi.

— Ton père sait que tu prendras soin de *moi*, signala Mack avant de faire la grimace. J'ai essayé de me sentir coupable du fait que je n'étais pas à Heart Falls pour les services d'urgence, mais c'est pour ça que nous avons entraîné les volontaires supplémentaires. De plus, j'ai entendu quelqu'un de très sage suggérer que personne ne devrait être irremplaçable.

Brooke se glissa contre lui, prenant ses joues entre ses paumes alors qu'elle le regardait dans ses magnifiques yeux.

— Au travail ? Je suis d'accord. Mais quand il s'agit d'être dans mon cœur, je ne veux personne d'autre que toi.

Pour une étrange raison, ses mots déclenchèrent une autre séance de jambes en l'air dans le lit.

Oups ?

Mais quand ils se couchèrent le soir du réveillon toujours piégés par la tempête, elle dut admettre qu'elle était un peu déçue.

— Je déteste avoir l'air d'un disque rayé, mais la météo foire nos projets. Si la tempête se calme, et *si* nous pouvons faire démarrer ta camionnette, et *si* nous pouvons retourner en ville, la moindre chance de connaître ce Noël à l'ancienne a disparu maintenant.

Elle passa les bras autour de ses jambes, faisant la moue dans les ténèbres partielles.

— Bah, sottises[2].

Mack déposa un baiser sur son bras et laissa glisser ses doigts doucement sur son dos.

— Nous pourrons avoir de la dinde pour le Nouvel An. Parce que tu as raison, elle est encore congelée alors il est impossible que nous la mangions demain même si nous arrivons à prendre la fuite demain matin.

Ses doigts glissèrent sur une zone chatouilleuse et Brooke tenta de s'échapper.

— J'ai oublié... j'allais suggérer que nous allions à la résidence pour seniors le jour de Noël. Je pense que Geraldine et Floyd apprécieront la compagnie.

— Les grands esprits se rencontrent, lui dit-il. J'ai pensé la même chose quand j'étais là-bas à installer les décorations de Noël. Et si par hasard, nous sommes encore coincés à la fin de la journée demain, nous irons après-demain. Ou après. Ils apprécieront la compagnie quand nous y arriverons.

— Nous pourrions probablement dire à Floyd que c'est encore Noël une semaine après et ça lui irait. Donc, ce n'est pas comme si c'était la date réelle qui était importante, dit Brooke doucement, comprenant lentement.

Cela ne concernait pas une date au hasard sur un diagramme, mais avec qui elle la passait.

Le chatouillement revint avec plus de ferveur et ils finirent par glousser comme deux enfants avant que le jeu ne devienne beaucoup plus adulte.

Le matin de Noël arriva, et Brooke se réveilla avant Mack. Elle sortit du lit pour explorer, avant de revenir précipitamment et de bondir sur le bord du lit.

— Réveille-toi, réveille-toi.

— Je voulais ouvrir mon cadeau au lit, râla-t-il en tendant la main vers elle, mais il la rata lorsqu'elle virevolta hors de sa portée.

— Plus tard, lui dit-elle d'une voix excitée. Viens écouter.

Il grogna, mais la suivit sans discuter vers la porte de sortie. Elle l'ouvrit puis posa un doigt sur ses lèvres.

— Je n'entends rien.

Mack écarquilla les yeux.

— Oh. Je n'entends rien, répéta-t-il.

Il se hâta de grimper les marches, Brooke sur ses talons, et ils s'approchèrent de la fenêtre la plus proche.

Il était assez tôt pour que le ciel commence à peine à s'éclairer, la lumière du soleil n'atteignait pas encore le haut des montagnes à l'Ouest. Mais le fait qu'ils pouvaient *voir* les montagnes était le petit miracle de Noël qu'elle avait espéré.

Brooke se retourna brusquement dans ses bras et l'attira contre elle.

— Joyeux Noël à nous.

Le grand sourire de Mack révélait tout avant qu'il ne l'embrasse passionnément.

En retournant à la cuisine pour prendre un rapide repas avant qu'ils ne s'échappent, Mack s'arrêta près du meuble multimédia.

— D'où est-ce qu'elles sortent ?

Brooke essaya de jouer à l'innocente alors qu'il pointait du doigt les chaussettes aux couleurs vives qui pendaient au niveau des yeux.

— Eh bien, ça alors, le père Noël a réussi.

Il lui lança un coup d'œil et sourit.

— Tu aurais dû me le dire.

— Moi ? Non. Tu vois, c'était *le père Noël*. Il y a son verre vide et l'assiette de gâteaux que je lui ai laissés hier soir.

Elle avait consommé la plupart des *snickerdoodles* après avoir gardé une minuscule miette pour la laisser décorer l'assiette.

Elle décrocha une chaussette et la lui tendit. Mack regarda à l'intérieur avant d'en sortir prudemment les petits bonhommes allumettes et minuscules bâtiments qu'elle avait fabriqués en poussant des cure-dents dans les marshmallows miniatures.

— Oooh, il y a un camion de pompiers ! Et une maison, et des petites personnes, dit-il en lui souriant. Toi et moi ?

Elle acquiesça.

Mack secoua la tête, amusé, puis tendit la main vers l'autre chaussette, et son expression devint confuse lorsqu'il découvrit qu'elle n'était pas vide.

— Andouille. Tu as rempli ta propre chaussette.

— Ce n'était pas moi, insista Brooke. Ce père Noël, c'est un vieil elfe vilain.

Elle mit la chaussette tête en bas et la secoua, et une douzaine de leurs préservatifs tomba dans la main de Mack comme une chute de neige pour adultes.

Il l'attira contre lui et l'embrassa avec enthousiasme, ses lèvres toujours incurvées en un sourire. Quand ils reprirent leur souffle, il lui lança un regard qui contenait toutes sortes de promesses.

— Rangeons ton cadeau. Je te promets que nous en profiterons à fond plus tard, mais je pense que nous devrions partir pendant que nous le pouvons, au cas où la tempête reviendrait pour un troisième round.

Ils se partagèrent les tâches. Brooke allait rassembler les affaires et ranger le bunker pendant que Mack irait jusqu'à la camionnette pour voir si elle voulait démarrer.

— Il est inutile que nous traversions tous les deux la neige si je n'arrive pas à la démarrer. Et même si j'ai remarqué des batteries de secours et des câbles de démarrage, je ne vais pas les transporter si je n'en ai pas besoin.

Brooke décida d'emporter les draps qui devaient être lavés avec eux pour ne pas laisser plus de travail aux Yoder. De plus, ils avaient fait une liste de tout ce qu'ils avaient utilisé, alors quand Mack revint à la grange, elle avait rempli leurs sacs à ras bord et l'attendait.

La déception sur le visage de celui-ci indiquait clairement qu'ils n'en avaient pas fini avec les problèmes.

— La camionnette ne veut pas démarrer ?

Il secoua la tête.

— Viens avec moi. Je vais prendre une batterie si tu apportes les câbles. Tu pourrais connaître d'autres trucs pour la faire démarrer. Au moins, maintenant, il y a une piste que nous pouvons suivre.

Elle le rejoignit dehors, la lumière du soleil illuminait le ciel et étincelait sur les millions de flocons de neige cristallins. L'air était étonnamment froid et s'appuyait contre l'arrière de sa gorge.

Brooke ne put s'empêcher de sourire en accrochant la batterie et en ne parvenant toujours pas à faire démarrer le moteur de la camionnette.

— Pourquoi est-ce que tu souris ?

Mack se pencha par-dessus le capot ouvert de la camionnette, un rire présent dans les profondeurs de ses yeux brillants.

Elle toucha son nez du sien.

— Parce que je suis avec toi. Parce que je suis heureuse.

— Tu es coincée avec moi aussi, signala-t-il.

— Rapporte la batterie. J'ai une autre idée.

Mack la suivit jusqu'à la grange. Elle gambergeait sur quelque chose depuis un petit moment, et maintenant avec sa coopération, elle dégagea l'ancien chasse-neige de la marque John Deere.

Il la regarda ouvrir le compartiment moteur et s'accroupir pour bien voir.

— Tu plaisantes. Tu penses que cette chose fonctionne encore ?

— Nous allons vite le découvrir. Il est vieux, mais ces trucs sont construits pour durer, et je ne parle pas d'un slogan d'entreprise.

Elle trouva l'interrupteur principal et l'alluma avant de brancher les câbles de démarrage.

— Nous devons faire le plein d'essence, et j'ai besoin d'une paire de gants de travail. Ce modèle a un carburateur ouvert avec une alimentation directe du moteur, alors j'ai besoin de couvrir l'extrémité pour créer suffisamment d'aspiration pour le faire démarrer.

Ils cherchèrent tous deux avant de trouver un jerrycan pour transférer du carburant agricole violet dans le moteur. Mack fut celui qui découvrit une paire de gants en cuir usés rangés dans un tiroir près de l'établi.

Elle les enfila et lui fit un clin d'œil.

— Croise les doigts.

Brooke ouvrit la conduite de carburant puis plaça sa main protégée sur l'extrémité du carburateur. Elle força le câble de démarrage, écouta le son du moteur qui tournait, difficile au début avant qu'il ne se mette à émettre le *poutt-poutt-poutt* régulier d'un vieux moteur à deux temps.

Elle se leva, ravie de son succès, et se retrouva dans les airs à tournoyer dans une étreinte pleine de joie.

— Tu es brillante, lui dit Mack. Ce qui veut dire qu'il est temps pour nous de nous emmitoufler. Ce trajet pourrait prendre un moment.

Loin d'être aussi long que ce qu'il croyait. Elle l'aida à rassembler leurs affaires et à les placer sur le tracteur pour qu'ils ne gênent pas et ne tombent pas.

Ils réussirent à ouvrir la porte de la grange après quelques efforts... heureusement que les portes coulissantes existaient. Ils la déplacèrent après l'avoir juste un peu dégagée. Puis Brooke sortit le tracteur et le laissa tourner au ralenti pendant que Mack grimpait pour la rejoindre.

Il pointa la direction de la nationale du doigt.

— À l'aventure, ohé !

Elle lui attrapa le poignet et changea l'angle de son bras, son doigt pointant désormais les champs couverts de neige qui ondulaient en vagues vers la tour de l'église à peine visible au bord de Heart Falls.

— Par là, cap.

Il se retourna assez pour la regarder intensément dans les yeux comme s'il jaugeait qu'elle plaisantait.

— Il y a beaucoup de neige par là, bébé, mais si tu penses que nous pouvons y arriver...

— À vol d'oiseau, nous pouvons certainement y arriver. Et avec autant de neige, il n'y aura pas une clôture entre ici et l'entrée de la ville qui nous arrêtera. Cela prendra quand même un moment, mais nous avons assez d'essence, et c'est une magnifique journée pour conduire, dit-elle, amusée.

Les bras forts de Mack s'enroulèrent autour d'elle alors qu'il s'installait à l'arrière, la laissant prendre le contrôle du volant et des pédales.

— Ramène-nous à la maison, ordonna-t-il.

Mack la serra fort alors qu'elle passait la première et que les anciennes chenilles entamaient un mouvement elliptique régulier, les entraînant sur les masses de neige fraîche.

Les ramenant chez eux vers Noël.

15

Quand ils arrivèrent aux abords de la ville, Mack avait mal aux joues à force de sourire. Ils avaient commencé à voir des gens qui sortaient lors de cette journée festive, et tous s'arrêtaient pour les regarder alors que Brooke conduisait le vieux tracteur à sa vitesse maximale – qui n'était pas plus que celle d'une marche rapide – dans la rue principale de Heart Falls vers le garage.

La palpitation lente du vieux moteur résonnait à un rythme régulier comme un petit joueur de tambour, et Mack pensa que c'était un des sons les plus magiques du monde.

— Je vais peut-être devoir voir si les Yoder veulent le vendre, dit Brooke en abaissant le godet chasse-neige.

Elle dégagea un magnifique chemin sur toute la longueur du parking avant de garer l'engin.

Ils n'eurent même pas à entrer pour savoir que Gary n'était pas là. Brooke pointa du doigt l'emplacement vide où son père garait habituellement son véhicule, un froncement de sourcils sur le visage devant les traces de pneus laissées dans la neige.

— Tu crois qu'il est allé nous chercher ?

Mack avait sorti son téléphone et regardait ses messages.

— Je n'ai toujours pas de réseau, alors ce qui a cassé a dû se casser violemment.

Brooke ouvrit la porte et vérifia rapidement son téléphone avant de hocher la tête.

— J'utilise un autre fournisseur, et le mien est aussi H.S.

Les deux mains sur les rampes, elle monta les marches deux par deux.

— Papa. T'es là ?

Mack la suivit à temps pour la voir ramasser un morceau de papier laissé sur la table.

Elle le lut à haute voix :

— *Je pense que vous reviendrez aujourd'hui. Je serai à la résidence pour seniors pour donner un coup de main. Si tu ne trouves pas ce message, je te retrouverai plus tard. Tu ferais bien de ne pas t'être encore enfuie de la maison.*

Tous deux échangèrent un coup d'œil puis éclatèrent de rire.

Brooke secoua la tête en essuyant les larmes dans ses yeux.

— Contente de savoir qu'il n'était pas assis là, mort d'inquiétude.

— Quand t'es-tu enfuie de la maison ? demanda Mack.

— J'avais cinq ans. C'était l'heure de la sieste et mamie m'avait enlevé ma boîte à outils en plastique, alors j'ai décidé que je devrais vivre au garage où je pourrais avoir tous les marteaux et les clés que je voudrais, répondit-elle en faisant un geste vers sa chambre. Allons prendre une douche rapide et changeons de vêtements pour nous débarrasser de l'odeur de diesel avant d'aller à la résidence.

Il n'y eut pas de bécotage cette fois, juste une toilette rapide et de nouveaux vêtements que Mack avait pris dans son sac. Ils étaient dans la camionnette de Brooke et se dirigeaient vers la résidence pour seniors en quatrième vitesse, rejoignant les autres véhicules garés sur la chaussée.

Les ornements sur le toit étaient à peine visibles sous la nouvelle couche de neige qui était tombée au cours des deux derniers jours.

À l'intérieur, cela sentait Noël.

Des chants de Noël arrivaient des haut-parleurs, et comme c'était juste après le déjeuner, quelque chose d'appétissant s'attardait dans l'air. Brooke entrelaça ses doigts à ceux de Mack, et ils avancèrent ensemble dans le couloir vers l'endroit où il avait rencontré Geraldine en douce plusieurs fois ce mois-ci.

La salle commune était remplie de petits groupes de personnes, certaines rassemblées autour des tables, d'autres avec des chaises qu'elles avaient rapprochées des personnes en fauteuil roulant qui faisaient leur propre fête.

Gary Silver était assis à une table avec Geraldine et Floyd. Yvette apparut avec un plateau de tasses de thé entre les mains.

Ses yeux s'illuminèrent quand elle les vit.

— Vous êtes revenus.

L'apparence détendue de Gary disparut alors qu'il bondissait sur ses pieds et se précipitait pour prendre Brooke dans ses bras. Sans rien dire, il se tourna et attrapa Mack pour l'étreindre tout aussi fort, le tapa sur l'épaule puis recula.

Gary tourna son attention sur Brooke.

— Tu aurais dû me dire que tu n'avais pas envie de cuisiner pour Noël.

Elle roula des yeux de manière exagérée avant de sourire.

— C'était beaucoup plus facile d'être piégée dans la tempête de neige que de devoir faire face à la colère des elfes pour avoir détruit une dinde de Noël.

Son père passa le bras sur ses épaules et ils se tournèrent vers Geraldine et Floyd.

— Mes gamins sont revenus sains et saufs, alors je suppose que ça veut dire que la fête peut commencer.

Mack marqua une pause un instant, ignorant s'il l'avait bien entendu, mais il les suivit à la table et s'installa aux côtés de Brooke. Yvette apporta deux autres tasses, et ils firent tourner une énorme théière et une assiette remplie de tourte à la viande maigre[1] et de tartelettes au beurre.

Floyd en prit une et la regarda, la renifla prudemment avant de hausser les épaules.

— Ça a l'air bon, mais pas autant que *mes* biscuits.

Gary baissa la voix et se rapprocha de Mack.

— J'ai pensé que vous étiez ensemble, alors que vous vous en sortiriez. Il y a quelque chose que je dois savoir ?

Il n'allait pas parler à Gary de l'abri avant d'avoir l'opportunité de contacter les Yoder. Et il n'allait pas vendre la mèche sur sa demande en mariage parce qu'il pensait que Brooke voudrait l'annoncer.

Néanmoins, il y avait une chose que Mack pouvait révéler.

— Votre fille a démarré sans clé un chasse-neige John Deere classique pour que nous puissions nous enfuir avec. Elle parle de l'acheter.

L'expression de Gary changea à peine, et son manque de réaction fit que Mack se demanda exactement combien de bêtises Brooke pouvait faire si elle essayait vraiment.

Puis le père de celle-ci hocha la tête.

— Content que vous alliez bien.

De l'autre côté de la table, Brooke avait sorti le grand iPad sur lequel elle avait mis dans ses favoris la chanson de Noël. Elle l'appuya sur la table devant Geraldine et Floyd, faisant signe à son père de se rapprocher.

— Ce n'est pas grand-chose, mais j'ai essayé de retrouver certains vieux souvenirs et j'ai trouvé ça. J'espère que ça vous plaira.

Elle appuya sur *lecture*, et la douce voix d'une femme commença à chanter. Mack avait regardé la vidéo assez de fois pour reconnaître quelques mots, mais c'était l'incroyable pureté de la voix de la chanteuse qui portait la beauté et l'émotion profonde de la saison des fêtes. À l'oreille, c'était ce qui se rapprochait le plus de la perfection.

Jusqu'à ce que le miracle suivant se produise.

Geraldine commença à chanter d'une voix plus grave pour accompagner l'originale. Mack croisa le regard de Brooke de l'autre côté de la table. Elle prit une profonde inspiration, et le bonheur apparut sur son expression.

Floyd cligna plusieurs fois des yeux. Puis sans autre préambule, il se joignit à elle.

Si la soliste avait été la perfection, et la voix de Geraldine encore au-delà, le chant de Floyd éleva l'expérience jusqu'à quelque chose qui n'était rien de moins que divin. Le vieil homme ferma les yeux, se balançant doucement sur son fauteuil en chantant. Sa voix était claire comme du cristal, chaque mot bien distinct et à multiples facettes. Aucune hésitation, pas de souvenir défaillant... il passa toute la chanson confiant et sûr de lui.

Gary et les autres dans la salle se joignirent aussi à eux, plus doucement, davantage comme des choristes, alors que Brooke regardait avec émerveillement ce que son petit cadeau avait provoqué.

Mack resta silencieux et s'imprégna de la joie.

Sur le côté, Gary chantait toujours, essuyant discrètement des larmes. Il essayait de le faire en douce, à la manière dont de nombreux hommes le faisaient, et alors qu'il se détournait de la foule, son regard tomba sur Brooke, qui utilisait un mouchoir sans se dissimuler pour essuyer *son* visage.

Les lumières vives firent étinceler brièvement la bague que

Mack lui avait offerte, maintenant convenablement placée sur son annulaire.

Gary s'immobilisa, puis se redressa.

Il se tourna immédiatement et attira le regard de Mack, son expression indéchiffrable.

Quand la musique se tut, il y avait beaucoup de gens heureux dans la pièce.

Une fois que les accolades furent terminées, Gary fit signe à Brooke et Mack.

— Il faut que je vous parle. Dans un endroit privé.

Brooke vint volontiers, mais trouver un couloir silencieux était plus difficile que Mack ne l'avait imaginé. Finalement ils se placèrent dans un coin, la fenêtre donnant sur l'extérieur encadrait un petit pin couvert de minuscules boules rouges.

— Qu'y a-t-il ? chuchota Brooke.

Mack secoua la tête et l'attira à côté de lui, la faisant se tourner vers son père.

Celui-ci avait l'air misérable et heureux en même temps, si une telle chose était possible. Gary passa une main dans ses cheveux.

Il lança un coup d'œil à Brooke puis revint sur Mack, et secoua lentement la tête.

— On pourrait croire qu'à ce stade de ma vie j'aurais compris comment être un père, mais on dirait que j'ai encore foiré. Avec de bonnes intentions, cela dit, mais quand même.

Brooke fronça les sourcils.

— Qu'est-ce que tu as fait ?

— J'ai attendu trop longtemps pour te dire quelque chose, répondit Gary en croisant le regard de Brooke. Je suis fier de toi. Tu as travaillé dur au cours des années, et j'apprécie ce que tu as fait pour assurer le succès du garage *et* toutes les choses que tu as faites pour rendre ma vie plus facile. Tu n'es pas une mauvaise colocataire non plus, mais tu méritais mieux. Surtout une fois qu'il est devenu évident que c'était sérieux avec celui-là.

Il désigna Mack du pouce.

Celui-ci tint sa langue, mais se demandait encore pourquoi Gary refusait de dire son nom.

Gary continua :

— Vous allez vous marier, non ?

La chaleur dans le sourire de Brooke illumina toute l'alcôve. Elle tendit la main pour que son père l'examine.

— Nous sommes très excités.

— Félicitations.

Il marqua une pause et changea complètement de sujet.

— Vous savez où vous allez vivre ?

— Nous pensions que nous gérerions ça après les fêtes, lui dit Mack. Mais ce sera à Heart Falls. Nous restons à proximité.

Gary sembla déglutir péniblement, et soudain Mack ne trouva pas ça facile non plus.

L'amour que portait Gary Silver à sa fille était évident. Quand il prit la main libre de Brooke dans la sienne et la serra fort, en cet instant il n'y eut pas grand-chose que Mack n'aurait pas fait pour les rendre heureux.

— Et si je vous disais que j'ai une maison pour vous ?

Gary sourit un peu devant le hoquet de Brooke.

— C'est pour ça que je m'en veux, parce que j'aurais dû te le dire avant. Nous louons la maison sur Elm Street depuis des années. Quand j'ai vu que votre relation devenait sérieuse, je me suis assuré que les locataires sachent qu'ils devraient être partis quand leur bail aurait expiré. Malheureusement, ce ne sera pas avant la fin du mois de décembre.

Brooke était sans voix.

C'était presque le cas de Mack aussi, mais il réussit à faire sortir la question.

— Vous avez une *maison* pour nous ?

— La maison où nous vivions avec mamie et papy. Elle n'est pas sophistiquée, mais elle a de bonnes bases, et elle est assez grande pour que vous y logiez pas mal d'années.

Brooke serra le bras de Mack. Il baissa les yeux vers elle, vit l'amour dans son regard et la joie qui brillait depuis son âme.

— Qu'est-ce que tu en penses ? demanda-t-il.

Ce qu'elle en *pensait* ?

Les montagnes russes de la journée ne donnaient pas beaucoup à Brooke l'occasion de respirer, et sa tête était tellement remplie d'un bonheur inattendu qu'elle était reconnaissante que le bras de Mack autour d'elle soit comme un mur sur lequel s'appuyer.

Elle regarda de l'un à l'autre — le père qui l'avait élevée et avait pris soin d'elle tout seul pendant tant d'années, et le robuste soldat qui était entré dans sa vie un an auparavant et l'avait remplie de tout ce qui lui manquait.

— Je pense que c'est démesuré, mais absolument parfait. Et je pense, papa, que tu dois savoir que tu es le meilleur, et qu'il n'y a absolument *rien* de déplacé dans ton timing.

Elle regarda dans les yeux marron profond de Mack.

— Nous n'étions pas prêts avant, continua-t-elle, mais nous le sommes maintenant. Nous sommes prêts pour la suite.

Elle fit de nouveau face à son père, et il leur souriait comme s'il avait quelque chose à voir avec le fait qu'ils étaient ensemble.

— Merci, dit Mack, la main tendue.

— De rien.

Gary accepta la poignée de main et l'étreinte de Brooke, puis il pencha la tête vers la salle commune :

— Nous ferions mieux d'y retourner avant que Floyd n'envoie une équipe de recherche.

De retour dans la salle commune, l'atmosphère s'était un peu échauffée. Tous les résidents présents ce jour-là s'étaient rassemblés. Des paquets aux couleurs vives étaient portés à travers la pièce, et alors que Brooke s'asseyait à côté de Geraldine, elle fut surprise d'avoir un cadeau aux couleurs criardes entre les mains.

Brooke se raidit sous la surprise.

— Oh. Je ne savais pas que nous échangions des cadeaux.

Geraldine repoussa cela d'un revers de main.

— Tu as apporté la chanson pour Floyd et moi. C'est un cadeau plus que suffisant.

Elle agita les doigts d'un air excité.

— Ouvre-le. Ouvre-le.

Brooke obéit, trancha soigneusement le scotch et replia le papier cadeau usé pour qu'il puisse être réutilisé.

À l'intérieur de la boîte se trouvait une tasse bleue laquée familière.

— Je l'ai déjà vue, dit Brooke d'un ton incertain. Je pense que je me souviens...

— Sharon disait que c'était sa tasse préférée. C'était la seule qu'elle utilisait quand elle cuisinait.

Les souvenirs la frappèrent de nouveau. La jolie tasse bleue entre les mains de Brooke était la même qu'elle avait vu d'innombrables fois au cours des années pendant que sa grand-mère cuisinait. Elle se rendit brusquement compte de quelque chose, et elle leva la tasse vers Mack d'un air triomphant.

Elle cria pratiquement les mots :

— *Les biscuits de Noël.*

Mack ne savait pas de quoi elle parlait, mais il lui lança un grand sourire.

— D'accord ?

Brooke se moquait d'avoir l'air vague. Elle se retourna vers Geraldine et l'éteignit.

— Merci, c'est merveilleux.

Les cadeaux continuèrent. Dans certains endroits de la salle, du papier cadeau volait comme si des enfants de deux ans étaient impliqués, mais essentiellement, ce furent les sourires et les rires qui marquèrent cet événement pendant un moment.

Puis Mack lança un regard significatif à Geraldine avant de soulever un paquet à la forme étrange et de le tendre au père de Brooke.

— Joyeux Noël. C'est fait maison, d'après les instructions de Brooke. Ce qui veut dire que c'est un peu brut de décoffrage, mais j'espère que ça vous plaira.

Le visage curieux, Gary se dépêcha d'ouvrir le paquet. Un choc absolu apparut quand il souleva une paire de pantoufles identique à celles que la grand-mère de Brooke avait tricotées pendant des années. Alternant les couleurs beige et marron, elles n'étaient pas tout à fait aussi parfaites que celles de mamie, mais c'étaient certainement des pantoufles qu'on pouvait porter.

Immédiatement, son père retira ses chaussures et enfila les pantoufles. Il se leva et tapa plusieurs fois du pied, son sourire redoublant. Puis il s'approcha de Mack, le fit se relever et le serra fort.

— Merci, fiston.

Brooke avait une vue parfaite sur le visage de Mack à cet instant. La joie pure qui s'y reflétait brillait aussi intensément qu'une étoile.

Ce ne fut que deux heures plus tard qu'ils échappèrent aux jeux et aux rires, et tous trois retournèrent à l'appartement au-dessus du garage.

La première chose que Brooke fit fut de sortir les ingrédients pour préparer les biscuits.

— C'est pour ça que la recette ne fonctionnait pas. Nous n'utilisions pas la bonne tasse.

— Sérieusement ? Tu vas préparer des biscuits maintenant ? demanda Mack en riant.

— Si tu m'aides pour que je ne les brûle pas. Je suis sûre que la tasse bleue est le lien manquant de nos délices parfaits de Noël.

Mack secoua la tête, mais il la rejoignit devant le plan de travail et commença à rassembler les ingrédients désormais familiers, seulement cette fois ils utilisèrent la tasse bleue magique pour mesurer chaque ingrédient.

La plaque de cuisson bien placée dans le four, Brooke s'installa sur le canapé près de Mack qui passa un bras autour de ses épaules, et ses doigts jouèrent dans ses cheveux.

— J'ai eu des nouvelles de Brad. Je suis en service à partir de demain pour les quatre prochains jours, mais je serai en repos après ça. Nous pourrons faire des projets à ce moment-là, d'accord ?

Elle hocha la tête.

— Tu restes avec moi ce soir ?

— Rien ne pourrait m'en empêcher.

Il frotta son nez derrière l'oreille de Brooke, ce qui lui provoqua de la chair de poule.

— De plus, ton père m'a dit qu'il prévoit de passer la nuit chez Ashton, ce qui veut dire qu'aucun de nous ne devra gérer le lendemain matin gênant à la table du petit déjeuner.

— Tu vas devoir t'en remettre, tu t'en rends compte, le taquina-t-elle.

— Un jour. Peut-être une fois que nous serons vraiment mariés.

— Vieux jeu.

— Seulement un peu, signala-t-il. Je n'ai aucun problème à

être dans ton lit autant que possible. Je ne veux simplement pas que *lui* le sache.

Elle riait doucement lorsque son père entra dans la pièce et s'installa dans son fauteuil avec un soupir de contentement. Il posa les jambes sur le repose-pied, agita les orteils, puis sourit à Mack.

— C'est ce que je voulais. De parfaites fêtes à l'ancienne.

Brooke se figea. L'odeur des biscuits aux épices commençait à arriver de la cuisine et ils avaient réussi à faire des choses sur sa liste du parfait Noël, mais tant de choses avaient été des échecs.

— Comment peux-tu dire ça ? demanda-t-elle à son père. Il n'y a pas eu de dîner avec la dinde, les décorations sont sur la maison de quelqu'un d'autre, et nous attendons encore le dessert... s'il est comestible. Comment est-ce que ce sont des fêtes à l'ancienne parfaites ?

Il émit un son moqueur.

— Ce ne sont que des artifices. Enfin, je les apprécie beaucoup, mais ce qui rend ça parfait c'est d'avoir une famille avec qui les partager.

Son père regarda Mack avec une expression approbatrice.

— Continue à prendre soin d'elle comme tu l'as fait cette année, et je sais qu'elle sera heureuse à l'avenir, quoi qu'il arrive.

Le bras de Mack se serra autour d'elle, la rapprochant de lui.

— C'est ce que je prévois, monsieur.

— C'est tout ce qu'un homme peut demander, fiston.

L'air contrit, il revint sur Mack.

— Pendant presque toute l'année, je ne cessais de me reprendre une demi-seconde avant de t'appeler *fiston*. Brooke me taquinait en disant que j'avais oublié ton nom, mais c'était plus facile de ne pas prononcer ton nom que de me faire de faux espoirs. Je ne voulais pas vous faire peur et que vous vous sépariez. C'est plutôt agréable de pouvoir me détendre et de le dire, de savoir que tu seras là pour de bon.

Gary ouvrit son magazine et entreprit de les ignorer.

Brooke était hébétée. Elle se retourna assez pour regarder le visage de Mack. Il avait une expression qui montrait qu'il était aux anges, et qui n'était pas près de disparaître.

Cette nuit-là, alors qu'ils étaient allongés dans le lit de Brooke, l'appartement était silencieux et il souriait encore de toutes ses dents.

Son sourire devint plus grand quand il se redressa assez pour attraper un autre biscuit sur le plateau sur la table de chevet.

— Tes biscuits à la tasse bleue sont tout aussi bons que tu avais dit qu'ils le seraient, l'informa Mack entre deux bouchées.

— Sucrés avec ce goût d'épices, exactement la saveur que Noël devrait avoir. J'en ai caché une douzaine avant que ton père n'en remplisse un sac pour l'emmener chez Ashton.

— Papa a emballé les pantoufles que tu as faites et les a emmenées aussi.

Elle laissa traîner ses doigts sur le torse de Mack et caressa la peau douce sur ses muscles fermes.

— Je pense que tu vas devoir te mettre à tricoter durant ton temps libre, juste pour l'approvisionner.

— Ça en vaudra la peine, promit Mack. Je dois avouer que j'ai un peu la gorge nouée chaque fois qu'il m'appelle *fiston*.

Cela lui faisait la même chose.

— Tu as un effet positif sur lui. Et tu es fantastique avec moi. Merci pour la photo.

Elle jeta un coup d'œil à la commode près de son lit où elle avait posé le cliché encadré d'eux deux. C'était un selfie pris lors d'une randonnée dans les montagnes. Ils faisaient les imbéciles et prenaient des photos stupides, mais elle avait voulu une photo sérieuse de couple. Il en avait fait quelques-unes avec eux deux qui regardaient soi-disant son téléphone.

La photo qu'il avait agrandie avait saisi un instant où elle regardait droit vers l'appareil photo, la nature sauvage autour d'eux, et Mack...

Toute son attention était sur elle. Et même si lors de cette journée lointaine il n'avait pas encore prononcé les mots, son expression révélait clairement ce qui se trouvait dans son cœur.

— Je t'aime.

Le grondement profond de sa voix la ramena à lui.

— Je t'aime aussi. C'est évident, puisque je te laisse manger des biscuits dans mon lit.

Mack se mit à rire en lui attrapant la main. Il déposa un baiser sur sa paume, puis un deuxième à l'endroit où se trouvait sa bague. Brooke se rallongea près de lui, accepta son étreinte et ses caresses, savourant toute son attention alors qu'ils s'unissaient de nouveau.

Lorsqu'ils eurent terminé, leurs membres emmêlés et leurs corps repus, elle posa la tête sur son torse et soupira.

— Je suppose qu'il n'y a rien de plus à l'ancienne pour Noël que l'amour.

Mack passa les doigts dans ses cheveux et acquiesça d'une voix grondante.

— C'est tout ce que j'ai toujours voulu.

ÉPILOGUE

Début décembre, un an plus tard...

Il n'y avait aucune raison pour que Ryan Zhao doive sortir ce soir-là en dehors de la fébrilité qui était revenue de plus belle, transformant ses pensées en un tourbillon de colère et de chagrin. Dormir était hors de question, et avec Talia qui profitait joyeusement d'une soirée pyjama avec ses amies, il n'avait pas besoin de rester chez lui.

Comme d'habitude, ses déambulations le menèrent au cimetière à la sortie de Heart Falls. Sa femme n'était pas enterrée là, mais dans un autre endroit lointain, silencieux et froid. Pourtant, la sensation familière de ce lieu de souvenir suffisait à faire le lien dans son cœur. Il ne pouvait pas rendre visite au lieu de repos de Justina, mais d'une manière ou d'une autre, elle était quand même *là*.

Et les lumières étaient ici. Les petites lumières dans les arbres et qui pendaient des crochets de suspension miniatures, toutes éparpillées aux alentours pour ajouter un élément de fantaisie à l'environnement par ailleurs pragmatique et solennel. Elles étaient à énergie solaire, et il y avait eu si peu de neige cet hiver que tous les panneaux noirs étaient exposés à la brève lumière du soleil. Les batteries chargées, les lumières brillaient vivement, même si elles ne tenaient pas toute la nuit comme elles le faisaient en été.

Ryan fit le tour du périmètre du cimetière, ses bottes marquant les quelques centimètres de neige sur l'herbe dure devant la clôture en fer forgé noir. Il ramassa l'occasionnel déchet qui avait été emporté par le vent et s'était coincé sur les grilles en métal et le mit dans sa poche.

Comme la plupart des cimetières, celui-ci était un mélange d'anciennes tombes et de nouvelles. De grandes plaques affichaient des dates plus anciennes, avec des fleurs fanées dans les vases près du granit noir qui s'élevait de la fine couche blanche. Dans la troisième allée où quelqu'un de la communauté avait été enterré récemment, le monticule de terre sur la tombe s'élevait plus haut que les sentiers et l'herbe autour.

Solennel. En attente.

Paisible, ce qui permit à Ryan de prendre une profonde inspiration et de la laisser ressortir lentement.

— Tu me manques, ma douce, avoua-t-il. Tellement. Mais c'est comme si...

Le vent, toujours présent et apparemment déterminé, souffla à cet instant. Il souleva ses cheveux comme si des doigts fantomatiques passaient dedans en une caresse, glacial et pourtant vivifiant. Ses joues semblaient être embrassées par le contact de l'hiver.

C'est comme si j'étais prêt à aimer de nouveau.

Ryan ne s'était pas attendu à ce que cet aveu arrive aussi clairement, pas même pour lui-même. Mais c'était vrai. Ou peut-être qu'il n'était pas prêt pour l'amour, mais Justina était décédée depuis huit ans. Son rire et ses discussions lui manquaient. Ça lui manquait de l'entendre parler des choses sur lesquelles elle faisait autant d'efforts parce qu'elles avaient été importantes pour elle.

La compagnie lui manquait. De la compagnie *adulte*, et aucune soirée entre mecs ou rassemblement avec des amis, accompagné de Talia, ne pouvaient satisfaire ce besoin.

Il voulait une partenaire avec laquelle parler de projets, s'asseoir devant un feu pendant qu'ils lisaient. Une femme qu'il pourrait serrer dans ses bras pendant la nuit. Et oui, s'il organisait mentalement une fête où il avouait tout, il voulait quelqu'un avec qui apprécier de nouveau les plaisirs physiques.

— Il est temps, dit-il à Justina, offrant les mots au ciel. Ça semble inapproprié, et pourtant parfaitement normal.

Une autre rafale.

Il se mit à rire, releva son col puis replaça une des lumières étincelantes qui s'était inclinée.

— Mais rencontrer quelqu'un à Heart Falls va être difficile. Il se pourrait que je doive demander de l'aide. Mais Dieu m'en préserve si je le mentionne à mes parents. Ils joueront les entremetteurs avant que je n'aie fini de dire « Je prévois de recommencer à faire des rencontres ».

La température continua à baisser, et Ryan retourna lentement à sa camionnette. Il était content que ses pieds l'aient emmené dehors. Cela lui avait semblé approprié d'être là, de dire vraiment les mots qui avaient été dans son cœur au cours des derniers mois.

Il était temps de vivre de nouveau cette partie de sa vie.

Le moteur toussa une fois puis démarra, et il se promit de prendre rendez-vous avec Brooke pour qu'elle examine ça dès que possible.

Ses amis... peut-être que c'était de les avoir vu aussi

amoureux qui avait fait que Ryan s'était enfin rendu compte qu'il avait besoin de plus. Maintenant, presque un an après qu'il avait taquiné Mack sur le fait qu'il était temps de se ressaisir, il comprenait que Brooke et Mack étaient un couple pour la vie.

Avant que Mack ne puisse demander à *Ryan* quand il allait se bouger, il l'aurait déjà fait.

L'embranchement après le cimetière vers la nationale secondaire était verglacé, et même avec des pneus neige, Ryan dut faire un effort pour rester sur la route. Il ralentit, suivant prudemment la route incurvée autour de Heart Falls vers la petite maison qu'il possédait à la périphérie semi-rurale.

De la neige légère avait commencé à tomber, les flocons créaient un rideau aveuglant sur la route. Ryan ajusta ses pleins phares pour mieux transpercer l'étrange...

Une lumière brilla sur sa gauche, là où il ne devrait pas y en avoir.

Ryan vérifia dans son rétroviseur pour s'assurer qu'il n'y avait personne derrière lui, puis il ralentit complètement, s'arrêtant juste assez loin sur le côté de la route pour que sa camionnette soit en sûreté. Il lança un coup d'œil par-dessus son épaule, mais rien ne semblait détonner. Pas de lumières. Rien d'anormal.

Il serait facile de continuer, de remettre le moteur en marche et de rentrer chez lui, où la chaleur l'attendait. Mais ses tripes ne voulaient pas le permettre. Le même nœud de tension qui l'avait frappé tant d'années auparavant quand Justina avait mentionné tranquillement qu'elle avait un mal de tête...

Une prémonition ? Quelque chose dans le vent qui attirait son attention ? Ryan ne se considérait pas comme superstitieux, mais il croyait qu'il y avait des choses qu'on ne pouvait pas expliquer.

Il alluma ses feux de détresse et sortit sa lampe torche d'urgence de sous son siège.

Le vent lui arracha la portière des doigts, et la neige le percuta comme des cailloux. Avec détermination, il se dirigea vers l'endroit où il avait vu quelque chose, le cercle lumineux de la torche rebondissant sur le sol pour lui permettre de trouver des appuis stables.

Un bourdonnement bas transperça le vent, et Ryan fronça les sourcils alors qu'il se pressait, la route toujours sombre et déserte. Il semblait qu'il était le seul à être assez bête pour utiliser cette section relativement éloignée de la nationale aussi tard lors d'une telle nuit hivernale.

Il traversa la route, l'adrénaline palpitant dans ses veines.

Ou il n'était pas le *seul* à être assez bête pour conduire... parce qu'il y avait des traces de pneus devant lui, qui disparaissaient sur la berge vers la rivière. Une très légère lueur rouge était visible entre des tourbillons neigeux, puis le son d'un moteur s'arrêta et les lumières devinrent plus faibles.

Ryan descendit la berge et se précipita pour porter secours.

~

Heart Falls. Cette petite ville du centre de l'Alberta, au Canada, est nichée dans un paysage vallonné, avec les Rocheuses majestueuses à l'ouest, et des kilomètres de ranch à l'est. La plupart de ses habitants y vivent depuis plusieurs générations ou cherchent un nouveau départ loin de leurs anciennes habitudes.

Heart Falls est l'endroit parfait pour que l'amour vienne frapper à la porte, emportant tout le monde dans son sillage. Chacun de ces tomes peut se lire indépendamment des autres. Ils sont tous légers, romantiques et piquants, écrits avec amour pour ceux qui aiment s'évader avec une belle histoire pendant les vacances d'hiver.

~

Noël à Heart Falls
Tome 1: Le Joyeux Noël du pompier
Tome 2: Le Vœu d'un soldat
Tome 3: L'Espoir du héros
Tome 4: Un rêve de cow-boy
Tome 5: Baiser pour un rancher

~

Vivian fait actuellement traduire ses nombreuses séries. Merci de consulter son site web pour toutes les dernières informations.
www.vivianarend.com/fr

À PROPOS DE L'AUTEUR

Avec plus de 3 millions de livres vendus, Vivian Arend est une auteure de best-sellers figurant aux classements du New York Times et de USA Today. Elle a écrit plus de 70 romances contemporaines et paranormales.

Ses livres sont des romans intégraux qui peuvent se lire indépendamment de toute série et ne se terminent pas sur un suspense. Ce sont des histoires pleines d'humour et d'émotions, avec des moments sensuels et des fins heureuses. Vivian estime avoir le plus beau métier au monde. Elle habite en Colombie-Britannique, au Canada, avec son mari depuis plusieurs années (l'inspiration de chacun de ses héros et un compagnon volontaire pour toutes sortes d'aventures).

NOTES

Chapitre 5

1. NdT : Allusion à l'araignée géante du *Seigneur des Anneaux*.

Chapitre 8

1. NdT : Biscuits faits de beurre ou d'huile, de sucre et de farine roulés dans du sucre à la cannelle.
2. NdT : Gâteau américain composé de deux morceaux ronds de gâteau au chocolat emplis d'une garniture ou d'un glaçage crémeux.
3. NdT : Plat indien légèrement sucré au fromage de *paneer* où la sauce à la viande est préparée avec du beurre des tomates et des noix de cajou. On utilise aussi des épices.

Chapitre 9

1. NdT : Église protestante canadienne.

Chapitre 14

1. NdT : Marque américaine spécialisée dans la fabrication de matériel agricole depuis 1837.
2. NdT : Allusion à la réplique de Scrooge dans *Un Chant de Noël* de Dickens.

Chapitre 15

1. NdT : Tourte fourrée avec un mélange de fruits secs hachés, d'alcool distillé et d'épices, et parfois de suif de bœuf.